Rotkäppchens Erwachen

Gewidmet allen Frauen, die das Leben, die Sprache und die Märchen von Generation zu Generation weitergegeben haben, doch vergessen wurden, und ihren aufmüpfigen und mutigen Enkelinnen und Enkeln.

Renate Neumann – Marie Luise Braun

Rotkäppchens Erwachen
Regenbogenerzählungen

frei nach den Brüdern Grimm

Bibliografische Information der Deutschen Nationalbibliothek:
Die Deutsche Nationalbibliothek verzeichnet diese Publikation in der Deutschen Nationalbibliografie; detaillierte bibliografische Daten sind im Internet über http://dnb.dnb.de abrufbar.

© 2017 Renate Neumann, Marie Luise Braun

Texte: Renate Neumann, Marie Luise Braun
Illustration: Renate Neumann
Buchgestaltung: Renate Maier

Herstellung und Verlag: BoD – Books on Demand, Norderstedt

ISBN: 978-3-743150997

Inhalt

Rotkäppchen 7
Dornröschen 11
Schneewittchen 15
Die Froschkönigin 27
Schneeweißchen und Rosenrot 33
Frau Holle 41
Falada 47
Die sieben Raben 53
Rapunzel 59
Hänsel und Gretel 65
Der Wettlauf 73
Die Eule 79
Aschenpedro 83
Die drei Spinnerinnen 93
Von dem Fischer und seiner Frau 99
Die weiße Schlange 109
Hans im Glück 115
Rumpelstilzchen 123
Die zertanzten Schuhe 129
Sterntaler 135
Die Lebenszeit 137

Die Brüder Grimm haben die Märchen von den alten Märchenfrauen übernommen, gesammelt und sie dem bürgerlichen Frauenideal und den bürgerlichen Moralvorstellungen des 18. Jahrhunderts angepasst. In unserem Buch wollen wir die Kraft und den Zauber der alten Märchen erhalten, ihnen jedoch eine frauenfreundliche und weltoffene Aussage geben.

Renate Neumann
Marie Luise Braun

Rotkäppchen

In einem Dorf lebte ein kleines, kesses Mädchen, das hatte nicht jede Frau und jeder Mann lieb, die es nur ansahen. Doch sehr lieb hatte es seine Großmutter. Die schenkte ihm ein Käppchen aus rotem Samt, und weil ihm das so gut stand und es nichts anderes mehr tragen wollte, hieß es nur das Rotkäppchen.

Eines Tages sprach seine Mutter zu ihm: »Hier hast du koffeinfreien Kaffee und Streuselkuchen in bester Ökoqualität. Bring das deiner Großmutter. Ihre Frau ist auf Reisen und Großmutter ist allein zu Hause und liegt krank danieder. Da wird sie sich über deinen Besuch sehr freuen und sich an Speise und Trank laben.«

Rotkäppchen packte alles in die Jutetasche und wollte sich auf den Weg machen zur Kranken, die hinter dem Wald wohnte. Die Mutter ermahnte das Mädchen: »Gehe sittsam den geraden Weg und verlasse nicht den direkten Pfad, damit du noch ankommst, bevor es heiß wird.«

Rotkäppchen versprach alles, ergriff seine Tasche und verließ das Haus. Es erreichte den Pfad, der geradewegs durch den Wald zum Haus der Großmutter führte.

Die Sonnenstrahlen tanzten auf den Bäumen hin und her, die Vögel sangen aus voller Kehle und am Wegesrand blühten die Fingerhüte. Rotkäppchen schritt frohgemut voran und freute sich von Herzen.

Da raschelte es im Gebüsch und der große, böse Wolf stand plötzlich vor ihr. Er brummte: »Guten Morgen, Rotkäppchen, wohin des Wegs?«

»Du alter Zausel! Was willst du von mir? Verschwinde!«, fauchte das Rotkäppchen.

Der Wolf säuselte: »Deine Tasche ist so vollgepackt, ist sie nicht zu schwer für dich? Wohin trägst du sie?«

Rotkäppchen entgegnete barsch: »Das geht dich nichts an, geh mir aus dem Weg!«

Der Wolf aber grinste in sich hinein: ›Die Tasche mit den Köstlichkeiten ist sicher für ihre Großmutter bestimmt. Ich kenne meinen Wald und weiß, wo sie wohnt.‹

Er lockte scheinheilig: »Rotkäppchen, auf der Wiese blühen so schöne bunte Blumen. Pflücke doch für zu Hause einen großen Strauß. Deine Mutter freut sich bestimmt.« Hinterhältig dachte er: ›Während Rotkäppchen den Blumenstrauß pflückt, rase ich zum Haus der Großmutter, fresse erst sie und dann das junge, zarte Rotkäppchen.‹

Rotkäppchen erinnerte sich an die Worte seiner Mutter und entgegnete ärgerlich: »Ich pflücke keine Blumen auf der Wiese. Sie wachsen nicht auf meinem direkten Weg.«

Listig schmeichelte der Wolf: »Willst du dir die Blumen nicht einmal ansehen? Sie sind so wunderschön. Ich begleite dich ein Stück, du zartes, süßes Mädchen.«

Rotkäppchen konnte der Versuchung nicht widerstehen. Es lief mit dem Wolf über die Wiese, erblickte die prächtigen Blumen und eilte voller Begeisterung von einer zur anderen, pflückte einen großen Strauß und vergaß den Wolf.

Als der Wolf sah, dass er Rotkäppchen überlistet hatte, drehte er sich wie ein Blitz um und raste geradewegs zum Haus der Großmutter. Er klopfte an ihre Tür.

»Wer ist da?«, keuchte es aus dem Innern des Hauses.

Der Wolf säuselte mit hoher Stimme: »Rotkäppchen ist hier, das bringt dir Kaffee und Kuchen.«

»Drück nur auf die Klinke«, hauchte die Großmutter. »Ich bin zu schwach und kann nicht aufstehen.«

Mit einem Ruck öffnete der Wolf die Tür, sprang zum Bett der Großmutter und verschlang sie mit Haut und Haaren. Dann zog er Kleider der Großmutter an, setzte ihre Haube auf, legte sich ins Bett und wartete auf Rotkäppchen.

Das hatte inzwischen so viele Blumen gesammelt, wie es nur tragen konnte. Es nahm seine Jutetasche und machte sich auf den Weg zum Haus der Großmutter. Es wunderte sich, dass die Tür weit offenstand, und wie es in die Stube trat, so kam es ihm so seltsam darin vor. Es dachte: ›Wie ängstlich ist mir heute zumut und bin doch sonst so gerne bei der Großmutter.‹ Es rief »Guten Morgen!«, bekam aber keine Antwort. Daraufhin ging es zum Bett und zog die Vorhänge zurück. Da lag die Großmutter, hatte die Haube tief ins Gesicht gezogen und sah so wunderlich aus.

»Ei, Großmutter, was hast du für große Ohren?«
»Dass ich dich besser hören kann!«

»Ei, Großmutter, was hast du für große Augen?«
»Dass ich dich besser sehen kann!«
»Ei, Großmutter, was hast du für große Hände?«
»Dass ich dich besser packen kann!«
»Ei, Großmutter, was hast du für ein entsetzlich großes Maul?«
»Dass ich dich besser fressen kann!«

Bevor der Wolf sich auf Rotkäppchen stürzen konnte, erkannte das Mädchen schlagartig, wer vor ihm im Bett lag. Es stieß einen Kampfschrei aus und sprang dem Wolf mit beiden Beinen auf den Bauch. Die Jutetasche flog in die Ecke.

Der Wolf musste schrecklich rülpsen und spuckte die Großmutter aus seinem großen Maul wieder aus. Dabei blieb ihm die Luft weg und er verstarb.

Die Großmutter umarmte ihr Rotkäppchen und lobte es für seine Tapferkeit und Tatkraft. Das Fell des Wolfes wurde ein bequemer Bettvorleger und Großmutter und ihre Liebste hatten nie wieder kalte Füße.

Und weil das noch nicht so lange her sein kann, leben sie heute noch.

Dornröschen

Vor Zeiten war ein König und eine Königin, die sprachen jeden Tag: »Ach, wenn wir doch ein Kind hätten!« Und kriegten immer keins. Da trug es sich zu, als die Königin im Bade saß, dass ein Frosch aus dem Wasser an Land kroch und zu ihr sprach: »Dein Wunsch wird erfüllt werden. Ehe ein Jahr vergeht, wirst du eine Tochter zur Welt bringen.«

Was der Frosch gesagt hatte, das geschah, und die Königin gebar ein Mädchen, das krähte so kräftig in seiner Wiege, dass die Königin und der König vor Freude sich nicht zu lassen wussten. Die Königin pflanzte mithilfe ihres Gärtners mitten im Schlosspark einen Rosenstrauch und der König veranstaltete ein großes Fest. Er lud nicht bloß seine Verwandten, Freunde und Bekannten, sondern auch die weisen Frauen des Landes dazu ein, damit sie dem Kind hold und gewogen wären. Es waren ihrer dreizehn in seinem Reiche. Weil er aber nur zwölf goldene Teller hatte, von welchen sie essen sollten, so musste eine von ihnen daheimbleiben. Das Fest ward mit aller Pracht gefeiert und als es zu Ende war, beschenkten die weisen Frauen das Kind mit ihren Wundergaben: Die eine mit Verstand, die andere mit Schönheit, die dritte mit Reichtum und so mit allem, was auf der Welt zu wünschen ist.

Als elf Frauen ihre Sprüche eben getan hatten, trat plötzlich die dreizehnte herein. Sie wollte sich dafür rächen, dass sie nicht eingeladen war. Ohne jemanden zu grüßen oder nur anzusehen, rief sie mit lauter Stimme: »Die Königstochter soll sich in ihrem fünfzehnten Jahr an einer Spindel stechen und tot umfallen.« Und ohne ein Wort weiter zu sprechen, kehrte sie sich um und verließ den Saal. Alle waren zutiefst erschrocken, da trat die Zwölfte hervor, die ihren Wunsch noch übrig hatte, und weil sie den bösen Spruch nicht aufheben, sondern ihn nur mildern konnte, so sagte sie: »Es soll aber kein Tod sein, sondern ein hundertjähriger tiefer Schlaf, in welchen die Königstochter fällt.«

Der König, der sein liebes Kind vor dem Unglück gern bewahren wollte, ließ den Befehl ausgehen, dass alle Spindeln im ganzen Königreiche sollten verbrannt werden.

An dem Mädchen aber wurden die Gaben der weisen Frauen sämtlich erfüllt, denn es war so schön, freundlich und verständig, dass es jede Frau und jeder Mann, die es nur ansahen, liebhaben mussten. Die Königstochter und der Rosenstrauch wuchsen heran. Der Strauch trug herrliche große Blüten in leuchtendem Rot und die hatten einen süßen Duft und messerscharfe spitze Dornen. Niemand außer der Königstochter wagte es, eine Rose zu pflücken, denn sie stachen nur das Mädchen nicht. So oft es konnte, heftete es sich eine Blüte an sein Kleid und hieß deshalb Dornröschen.

Es geschah, dass an dem Tage, wo es gerade fünfzehn Jahre alt ward, der König und die Königin auf einer Reise und nicht zu Hause waren. Das Mädchen blieb ganz alleine im Schloss zurück. Da ging es allerorten herum, besah Stuben, Säle und Kammern, wie es Lust hatte, und kam endlich auch an einen alten Turm. Es stieg die Wendeltreppe hinauf und gelangte zu einer kleinen Türe. In dem Schloss steckte ein verrosteter Schlüssel und als es ihn umdrehte, sprang die Türe auf und da saß in einem kleinen Stübchen die dreizehnte Fee mit einer Spindel und spann emsig ihren Flachs.

»Guten Tag, fleißige Frau«, sprach die Königstochter. »Was macht Ihr da?«

»Ich spinne«, sagte die alte Frau, hob den Kopf und sah Dornröschen an. Sie war so überwältigt von ihrer blühenden Schönheit und ihrem Liebreiz, dass sich ihr Herz zusammenzog und sie zutiefst ihren bösen Spruch bereute. Im selben Augenblick wurde die Prinzessin von dem Fluch erlöst.

Die Fee erhob sich, ging auf Dornröschen zu und sprach: »Zu deinem fünfzehnten Geburtstag schenke ich dir meinen Ring mit der eingravierten Rose.«

Sie streifte ihn der Königstochter über den Finger und er passte genau. Dornröschen freute sich sehr über den Ring und bedankte sich herzlich bei der Fee.

Die weise Frau sprach: »Der Schmuck wird dir Glück bringen. Nimm nur den Mann zum Gemahl, der aufmerksam genug ist und den Ring mit der eingravierten Rose an dir beachtet und zu würdigen weiß. Bitte geh' jetzt zurück in dein Leben.«

Dornröschen verabschiedete sich überschwänglich von der weisen Frau, stieg die Wendeltreppe hinunter, schritt durch den Hof, und begab sich wieder in das Schloss.

Nachdem das Königspaar von der Reise zurückgekommen war, weihte der König mit seinen Ministern die junge Prinzessin in alle Amtsgeschäfte ein. Sie war verständig und lernte schnell. An hohen Feiertagen veranstaltete sie große Feste, zu denen sie alle Prinzen und Prinzessinnen der benachbarten Reiche einlud. Elegante, mutige, schöne und gebildete Prinzen reisten mit großem Prunk und Gefolge an. Vom Glanz dieser Feste schwärmte das ganze Volk.

Obwohl alle Prinzen Dornröschen den Hof machten und ihr die Hand küssten, übersahen alle den einfachen Ring an ihrem Finger.

Da begab es sich, dass ihre Hofdame Bianca um diese Zeit Geburtstag hatte und Dornröschen ihr für ihre treuen Dienste eine Brosche mit einem roten Rubin überreichte. Erfreut bedankte sich die Hofdame und erfasste die ihr dargereichte Hand. Da sah sie den Ring der Fee mit der eingravierten Rose an Dornröschens Finger. »Welch eine wunderschöne Goldschmiedearbeit«, rief sie aus.

Verwirrt sah die Königstochter auf ihre Hofdame und auf ihren Ring mit der Rose. Sie drehte sich ruckartig um und eilte zum Turm. Sie stieg die Wendeltreppe empor zur kleinen Stube der Fee. Dort drehte sie den Schlüssel im Schloss der Türe um und diese sprang auf. Die Fee saß vor ihrem Webstuhl und webte einen Teppich.

»Guten Tag, weise Frau«, grüßte Dornröschen sie. »Ich muss Euch sprechen. Ich bin froh, dass Ihr noch hier seid.«

»Ich wusste, dass du kommst.« Die Fee lächelte.

Dornröschen berichtete ihr, was mit dem Ring geschehen war. »Ich bin jetzt ratlos«, seufzte sie.

Die weise Fee fragte: »Ist die Hofdame schön?«

»Schön bin ich selber«, erwiderte Dornröschen.

»Ist sie klug?«

»Ja, sehr.«

»Ist sie liebenswert?«

»Über alle Maßen«, schwärmte die Prinzessin.

Da sprach die Fee zu ihr: »Dann mach sie zur Königin deines Herzens und regiere mit ihr dein Reich.«

Und so geschah es. Friede, Wohlstand und Bildung für alle herrschten fortan im Land und Dornröschen ging als »Königin Roswitha die Große« in die Geschichte ein.

Schneewittchen

Es war einmal mitten im Winter und Schneeflocken fielen wie Federn vom Himmel herab, da saß eine Königin an einem Fenster, das einen Rahmen von schwarzem Ebenholz hatte, und nähte. Und wie sie so nähte und nach dem Schnee aufblickte, stach sie sich mit der Nadel in den Finger und es fielen drei Tropfen Blut in den Schnee. Und weil das Rot im weißen Schnee so schön aussah, dachte sie bei sich: ›Hätt' ich ein Kind, so weiß wie Schnee, so rot wie Blut und so schwarz wie das Holz an dem Rahmen.‹ Bald darauf bekam sie ein Töchterlein, das war so weiß wie Schnee, so rot wie Blut und so schwarzhaarig wie Ebenholz und ward darum Schneewittchen genannt.

Und wie das Kind geboren war, freute sich die Königin sehr. Die Enttäuschung des Königs aber kannte keine Grenzen. Er wollte das Kind nicht einmal sehen, denn er wünschte sich einen Sohn und Thronfolger. Vor Kummer starb die Königin.

Über ein Jahr nahm sich der König eine andere Gemahlin. Es war eine schöne Frau, aber sie war stolz und hochmütig und konnte nicht leiden, dass sie an Schönheit von jemandem übertroffen werden könnte. Sie hatte einen wunderbaren Spiegel, wenn sie vor den trat und sich darin beschaute und sprach:

»Spieglein, Spieglein an der Wand,
wer ist die Schönste im ganzen Land?«,

so antwortete der Spiegel:

»Frau Königin, Ihr seid die Schönste im Land.«

Da war sie zufrieden, denn sie wusste, dass der Spiegel die Wahrheit sagte.

Schneewittchen aber wuchs heran und wurde immer schöner und als es sieben Jahre alt war, war es so schön wie der klare Tag und schöner als die Königin. Der König hatte Schneewittchen bis dahin immer noch nicht beachtet und wartete weiter vergeblich auf seinen Thronfolger. Als die Königin wieder einmal ihren Spiegel fragte:

»Spieglein, Spieglein an der Wand,
wer ist die Schönste im ganzen Land?«,

so antwortete er:

»Frau Königin, Ihr seid die Schönste hier,
aber Schneewittchen ist tausend Mal schöner als Ihr.«.

Da erschrak die Königin und ward gelb und grün vor Neid. Von Stund an, wenn sie Schneewittchen erblickte, kehrte sich ihr das Herz im Leibe herum, so hasste sie das Mädchen. Denn sie hatte dem König noch immer keinen Thronfolger geschenkt. Neid und Eifersucht wuchsen wie Unkraut in ihrem Herzen immer höher, so dass sie Tag und Nacht keine Ruhe mehr fand. Kein Arzt konnte ihr helfen. Und ihre Schönheit drohte dahinzuwelken. Da rief sie einen Jäger und sprach: »Bring das Kind hinaus in den Wald, ich will's nicht mehr vor meinen Augen sehen und der König wird es nicht vermissen. Du sollst es töten und mir seine Leber als Wahrzeichen bringen.«

Der Jäger gehorchte und führte das Mädchen hinaus in den Wald und als er den Hirschfänger gezogen hatte und Schneewittchens unschuldiges Herz durchbohren wollte, fing es an zu weinen und sprach: »Ach, lieber Jäger, lass mir mein Leben. Ich will in den wilden Wald laufen und nimmermehr heimkommen.« Und weil es so schön war, hatte der Jäger Mitleid mit ihm und sprach: »So lauf hin, du armes Kind.« Bei sich dachte er: ›Die wilden Tiere werden dich bald gefressen haben‹. Und doch war's ihm, als wär' ein Stein von seinem Herzen gewälzt, weil er es nicht zu töten brauchte. Und als gerade ein Frischling dahergesprungen kam, stach er ihn ab, nahm die Leber heraus und brachte sie als Wahrzeichen der Königin. Der Koch briet sie mit Zwiebeln und Äpfeln und das boshafte Weib aß sie mit Genuss und meinte, sie hätte Schneewittchens Leber gegessen.

Nun war das arme Kind in dem großen Wald mutterseelenallein und es ward ihm so angst, dass es alle Blätter an den Bäumen ansah und nicht wusste, wie es sich helfen sollte. Da fing es an zu laufen und lief über die spitzen Steine und durch die Dornen, und die wilden Tiere sprangen an ihm vorbei, aber sie taten ihm nichts.

Es lief, so lange die Füße noch fortkonnten, bis es bald Abend werden wollte. Da sah es ein kleines Häuschen und ging hinein, sich auszuruhen. In dem Häuschen war alles klein, aber so zierlich und rein, dass es nicht zu sagen ist. Da stand ein weiß gedecktes Tischlein mit sieben kleinen Tellern, jedes Tellerlein mit seinem Löffelein, ferner sieben Messerlein und Gäbelein und sieben Becherlein. Das Essen war schon angerichtet und weil Schneewittchen so hungrig und durstig war, aß es von jedem Teller die Hälfte vom Gemüse und vom Brot und trank ein wenig aus jedem Becherlein. Dann sah es sich im Raum um. An der Wand waren sieben Bettlein nebeneinander aufgestellt und schneeweiße Laken darüber gedeckt. Am Fuße des größten Bettchens stand ein Körbchen und darin schlief zusammengerollt eine braun-weiß gestreifte Katze. Als Schneewittchen das Tier erblickte, überfiel es eine solche Müdigkeit, dass es auf dieses Bettchen niedersank, sich Gott befahl und einschlief.

Als es ganz dunkel geworden war, kamen die Herren von dem Häuschen, das waren die sieben Zwerge, die am Tage in den Bergen nach Erz hackten und gruben. Sie zündeten ihre sieben Lichter an und wie es nun hell im Häuschen ward, sahen sie, dass jemand darin gewesen war, denn es stand nicht alles so, wie sie es verlassen hatten.

Der Erste sprach: »Wer hat auf meinem Stühlchen gesessen?« - Der Zweite: »Wer hat von meinem Tellerchen gegessen?« – Der Dritte: »Wer hat von meinem Brötchen genommen?« – Der Vierte: »Wer hat von meinem Gemüschen gegessen?« – Der Fünfte: »Wer hat mit meinem Gäbelchen gestochen?« – Der Sechste: »Wer hat mit meinem Messerchen geschnitten?« – Der Siebte: »Wer hat aus meinem Becherlein getrunken?«

Dann sah sich der Erste um und erblickte Schneewittchen, das lag in seinem Bettchen und schlief. Nun rief er die anderen, die kamen herbeigelaufen, schrien vor Verwunderung auf, holten ihre sieben Lichter und beleuchteten Schneewittchen.

»Ei, du mein Gott!«, riefen sie, »Ei, du mein Gott! Was ist das Kind so schön!«, und hatten so große Freude, dass sie es nicht aufweckten, sondern im Bettchen fort schlafen ließen.

Als es Morgen war, erwachte Schneewittchen, und wie es die sieben Zwerge sah, erschrak es. Sie waren aber freundlich und fragten: »Wie heißt du?« – »Ich heiße Schneewittchen«, antwortete es. »Wie bist du in unser Haus gekommen?«, fragten weiter die Zwerge. Da erzählte es ihnen, dass seine Stiefmutter es hätte wollen umbringen lassen. Der Jäger hätte ihm aber das Leben geschenkt und da wär' es gelaufen den ganzen Tag, bis es endlich ihr Häuschen gefunden hätte. Die Zwerge sprachen: »Willst du unser Haus versehen, kochen, betten, waschen, nähen und stricken, und willst du alles ordentlich und reinlich halten, so kannst du bei uns bleiben und es soll dir an nichts fehlen.« – »Ja«, sagte Schneewittchen, »von Herzen gern«, und blieb bei ihnen und ihrer Katze. Die strich Schneewittchen um die Beine und schnurrte. Das Mädchen hielt ihnen das Haus in Ordnung. Morgens gingen die Zwerge in die Berge und suchten Erz und Gold, abends kamen sie wieder und da war ihr Essen bereitet. Den Tag über war Schneewittchen allein mit der Katze. Da warnten es die guten Zwerge und sprachen: »Hüte dich vor deiner Stiefmutter, die wird bald wissen, dass du hier bist. Lass niemanden herein!«

Die Königin aber, nachdem sie glaubte, Schneewittchens Leber gegessen zu haben, dachte nicht anders, als sie wäre wieder die Erste und Allerschönste, trat vor den Spiegel und sprach:

>>Spieglein, Spieglein an der Wand,
wer ist die Schönste im ganzen Land?«

Da antwortete der Spiegel:

»Frau Königin, Ihr seid die Schönste hier,
aber Schneewittchen über den Bergen
bei den sieben Zwergen
ist noch tausendmal schöner als Ihr.«

Da erschrak sie, denn sie wusste, dass der Spiegel keine Unwahrheit sprach und merkte, dass der Jäger sie betrogen hatte und Schneewittchen noch am Leben war. Da sann sie aufs Neue, wie sie es umbringen wollte, denn solange sie nicht die Schönste war im ganzen Land, ließ ihr der Neid keine Ruhe. Und als sie sich endlich etwas ausgedacht hatte, färbte sie sich das Gesicht und kleidete sich wie eine alte Krämerin und war ganz unkenntlich. In dieser Gestalt ging sie über die sieben Berge zu den sieben Zwergen, klopfte an die Türe und rief: »Schöne Ware feil, feil!«

Schneewittchen guckte zum Fenster heraus und grüßte: »Guten Tag, liebe Frau, was habt Ihr zu verkaufen?«

»Gute Ware, schöne Ware«, antwortete sie, »Schnürriemen in allen Farben«, und holte einen Riemen hervor, der aus bunter Seide geflochten war. Da sah Schneewittchen ihr in die Augen und erschauerte, so kalt war ihr Blick. Das Mädchen schlug die Augen nieder und bemerkte, dass sich seiner Katze das Fell sträubte. Die Frau hielt ihm den in allen Farben schimmernden Schnürriemen entgegen. Schneewittchen war so entzückt von der glitzernden Seide, dass es alle Bedenken vergaß, der Frau die Tür öffnete und die Kostbarkeit kaufte.

»Kind«, sprach die Alte, »wie du aussiehst! Komm, ich will dich einmal ordentlich schnüren.« Schneewittchen stellte sich vor sie und ließ sich mit dem neuen Schnürriemen schnüren. Aber die Alte schnürte geschwind und schnürte so fest, dass dem Schneewittchen der Atem verging und es für tot hinfiel. »Nun bist du die Schönste gewesen«, sprach die Königin und eilte hinaus.

Nicht lange darauf, zur Abendzeit, kamen die Zwerge nach Hause, aber wie erschraken sie, als sie ihr liebes Schneewittchen auf der Erde liegen sahen und es regte und bewegte sich nicht, als wäre es tot. Sie hoben es in die Höhe und weil sie sahen, dass es zu fest geschnürt war, schnitten sie den Schnürriemen entzwei. Da fing es an, ein wenig zu atmen und ward nach und nach wieder lebendig. Als die Zwerge hörten, was geschehen war, sprachen sie: »Die alte Krämerfrau war niemand anders als die gottlose Königin. Hüte dich und lass keinen Menschen herein, wenn wir nicht bei dir sind.«

Das böse Weib aber, als es nach Hause gekommen war, ging vor den Spiegel und fragte:

>»Spieglein, Spieglein an der Wand,
> wer ist die Schönste im ganzen Land?«

Da antwortete er wie sonst:

>»Frau Königin, Ihr seid die Schönste hier,
> aber Schneewittchen über den Bergen
> bei den sieben Zwergen
> ist noch tausendmal schöner als Ihr.«

Als sie das hörte, lief ihr alles Blut zum Herzen, so erschrak sie, denn sie sah wohl, dass Schneewittchen wieder lebendig geworden war.

»Nun aber«, sprach sie, »will ich etwas aussinnen, das dich zugrunde richten soll«. Sie nahm einen mit Edelsteinen besetzten Kamm und machte ihn mit ihren alchemistischen Künsten giftig. Auf diese Künste verstand sie sich. Dann verkleidete sie sich und nahm die Gestalt eines anderen alten Weibes an. So ging sie hin und über die sieben Berge zu den sieben Zwergen, klopfte an die Tür des Häuschens und rief: »Gute Ware, feil, feil!« Schneewittchen schaute aus dem Fenster und sprach: »Geht nur weiter, ich darf niemanden hereinlassen.«

»Das Ansehen wird dir doch erlaubt sein«, sprach die Alte, zog den giftigen Kamm heraus und hielt ihn in die Höhe. Die Diamanten, Rubine und Smaragde, mit denen er besetzt war, erstrahlten in allen Farben und blendeten Schneewittchen so sehr, dass es sich betören ließ, die Tür öffnete und das Fauchen der herbeispringenden Katze nicht hörte. Als sie des Kaufs einig waren, sprach die Alte: »Nun will ich dich einmal ordentlich kämmen.« Sie hatte den Kamm kaum in die Haare gesteckt, da wirkte auch schon das Gift und ließ das Mädchen ohne Besinnung niederfallen. »Du Ausbund von Schönheit«, sprach das boshafte Weib, »jetzt ist's um dich geschehen«, und ging fort.

Zum Glück ward es bald Abend, wo die sieben Zwerge nach Hause kamen. Als sie Schneewittchen wie tot auf der Erde liegen sahen, hatten sie gleich die Stiefmutter in Verdacht, suchten nach und fanden den giftigen Kamm. Kaum hatten sie ihn herausgezogen, so kam Schneewittchen wieder zu sich und erzählte, was vorgegangen war. Da warnten sie es noch einmal, auf seiner Hut zu sein und niemandem die Türe zu öffnen.

Die Königin stellte sich daheim vor den Spiegel und sprach:

>»Spieglein, Spieglein an der Wand,
>wer ist die Schönste im ganzen Land?«

Da antwortete er wie vorher:

>»Frau Königin, Ihr seid die Schönste hier,
>aber Schneewittchen über den Bergen
>bei den sieben Zwergen
>ist noch tausendmal schöner als Ihr.«

Als sie den Spiegel so reden hörte, zitterte und bebte sie vor Zorn. »Schneewittchen soll sterben«, rief sie, »und wenn es mein eigenes Leben kostet.«

Darauf ging sie in eine ganz verborgene einsame Kammer, die sonst niemand fand, und machte dort einen giftigen Apfel. Äußerlich sah er schön aus, weiß und mit roten Backen, dass jeder, der ihn erblickte, Lust danach bekam. Aber wer nur ein Stückchen davon aß, der musste auf der Stelle sterben.

Als der Apfel fertig war, färbte sie sich das Gesicht und verkleidete sich in eine Bauersfrau. So ging sie über die sieben Berge zu den sieben Zwergen. Sie klopfte an die Tür des Häuschens und Schneewittchen steckte den Kopf zum

Fenster heraus. Es sah der Alten in die Augen und wieder erschauerte es. Die Bäuerin hatte einen Korb voller herrlicher Äpfel, die sie dem Mädchen verkaufen wollte. Die Alte hielt ihm den schönsten entgegen und pries ihn an. »Das ist ein Öko-Apfel von bester Qualität, nicht mit Gift gespritzt.«

Schneewittchen erfasste ein so starker Widerwillen gegen die Alte und die Äpfel, dass es schrie: »Verschwinde hier mit deinen Äpfeln, du bitterböses Weib! Ich falle doch nicht zum dritten Mal auf deine Tricks herein.«

Die Bäuerin geriet in Wut und wollte die Tür gewaltsam öffnen. Da sträubte sich der Katze, die neben Schneewittchen gesessen hatte, das Fell und sie fauchte, sprang mit einem Satz durch das Fenster und mit allen vier Tatzen der Alten ins Gesicht. Sie fuhr ihre Krallen aus, stach ihr in die Augen und zerkratzte ihr Wangen und Hals, bis das Blut spritzte. Die Bäuerin stieß einen markerschütternden Schrei aus, ließ alles fallen und floh in den Wald. Sie verlor den Weg zurück und rannte und rannte. Und das Blut stieg ihr zu Kopfe, bis ihr Herz versagte und für immer aufhörte zu schlagen. Sie fiel tot zu Boden. Die wilden Tiere, die sie fanden, fraßen ihr Fleisch und nagten es ab bis auf die Knochen. Und niemand hat je wieder etwas von der Königin gehört.

Die Zwerge, wie sie abends nach Hause kamen, fanden Schneewittchen und die Katze völlig abgekämpft vor. Das Mädchen erzählte ihnen, was vorgefallen war, wie die Katze die Bäuerin zerkratzt und sie verteidigt hatte. Als die Zwerge das hörten, freuten sie sich sehr. Sie riefen: »Die alte Bäuerin war niemand anders als deine böse Stiefmutter.« Der größte holte seine Fiedel hervor, spielte auf und alle tanzten die Zwergenpolka. Die Dielen des Fußbodens begannen zu hüpfen und das Tischlein, die Stühlchen, die Tellerchen und die Becherchen tanzten mit.

Am nächsten Tag bekam die Katze zur Belohnung einen großen Fisch, den der kleinste Zwerg im nahen Bach für sie gefangen hatte. Sie verspeiste ihn mit Genuss und im Bewusstsein ihrer Heldentat. Schneewittchen schenkten die Zwerge goldenes Geschmeide aus ihrer Schatztruhe.

Ein Jahr folgte dem anderen. Die Zwerge zogen morgens in die Berge und kehrten abends heim. Schneewittchen besorgte Jahr um Jahr den Haushalt der Zwerge. Die Katze jagte Mäuse, schnurrte und schlief.

Schneewittchen wurde langsam erwachsen und durchbrach ihre Einsamkeit, indem sie die Sprache einiger Tiere erlernte. Sie befreundete sich mit der ältesten Eule des Waldes, die in der Eiche vor ihrem Haus wohnte. Eines Tages beklagte das Mädchen sich bei ihr über ihr eintöniges Hausfrauenleben. Die Eule hörte aufmerksam zu, dachte nach und krächzte: »Du kannst doch deine Schönheit vermarkten. Ich fliege Abend für Abend in die nächste große Stadt, setze mich auf einen Ast vor das Fenster eines großen Hauses und sehe mir die Fernsehprogramme an. Dort werden schöne Mädchen gesucht, die ›Next Topmodel‹ werden wollen. Mädchen, die Modellkleider und Kosmetik vorführen und dafür bezahlt werden. Viele junge Mädchen bewerben sich dafür. Das Problem ist, sie sind entsetzlich dünn, das heißt Kleidergröße 34. Ich schätze dich auf Kleidergröße 38, damit bist du viel zu dick.«

Als Schneewittchen das hörte, begann sie zu hungern und wurde immer schwächer. Die Zwerge waren völlig verzweifelt und rangen die Hände, doch nichts half. An einem strahlenden Frühlingstag fiel Schneewittchen ins Koma. Die Zwerge waren außer sich vor Kummer, denn sie dachten, Schneewittchen sei tot. Sie legten es auf eine Bahre und setzten sich alle Sieben darum herum und beweinten es und weinten drei Tage lang. Da wollten sie es begraben, aber es sah noch so frisch aus wie ein lebender Mensch und hatte noch seine schönen roten Wangen. Sie sprachen: »Das können wir nicht in die schwarze Erde versenken«, und ließen einen durchsichtigen Sarg aus Glas machen, dass man es von allen Seiten sehen konnte, legten es hinein und schrieben mit goldenen Buchstaben seinen Namen darauf und dass es eine Prinzessin wäre. Dann setzten sie den Sarg hinauf auf den Berg und einer von ihnen blieb immer dabei und bewachte ihn. Auch die Tiere kamen und beweinten Schneewittchen. Erst die alte Eule, dann die Katze, dann ein Rabe, zuletzt ein Täubchen. Nun lag Schneewittchen in dem Sarg und sah aus, als wenn es schliefe, denn es war noch so weiß wie Schnee, so rot wie Blut und so schwarzhaarig wie Ebenholz.

Es geschah aber, dass eine Königstochter aus dem Nachbarreich mit ihrem Jagdgefolge in den Wald geriet, in dem das Haus der Zwerge stand. Sie ritten auf den Berg zu, auf dem Schneewittchen aufgebahrt war. Sie stieg vom Pferd, begrüßte den Zwerg, der am Sarg Wache hielt und ließ sich von ihm Schneewittchens Geschichte erzählen. Dann stand sie vor dem Sarg und sah Schneewittchens ebenmäßiges Gesicht, das von schwarzen Locken umrahmt war. Sie sah das Lächeln, das noch immer um ihre vollen roten Lippen spielte und ihre zarte Gestalt. Das Herz der Königstochter klopfte stärker und sie konnte sich von der Schönen nicht losreißen. Der wachhabende Zwerg fand sie nach geraumer Zeit tief in ihren Anblick versunken. Da bat die Königstochter den Zwerg: »Lasst mir den Sarg, ich will euch geben, was immer ihr dafür haben wollt.« Der Zwerg aber entgegnete ihr: »Wir geben ihn nicht um alles Gold in der Welt.« Da sprach sie: »So schenkt ihn mir, denn ich kann nicht leben, ohne Schneewittchen zu sehen. Ich will es ehren und betrachten wie mein Liebstes.« Wie sie so sprach, empfand der gute Zwerg Mitleid mit ihr und gab ihr den Sarg. Die Königstochter ließ ihn nun von ihren Dienern auf den Schultern forttragen.

Da geschah es, dass sie über einen Strauch stolperten, und von dem Schütteln erwachte Schneewittchen aus dem Tiefschlaf, und nicht lange, so öffnete es die Augen, hob den Deckel vom Sarg in die Höhe und richtete sich auf. »Ach Gott, wo bin ich?«, fragte es.

Die Königstochter rief voll Freude: »Du bist bei mir«, und erzählte, was sich zugetragen hatte, und sprach: »Ich habe dich lieber als alles auf der Welt. Komm mit mir in meines Vaters Schloss, du sollst meine Gemahlin werden.«

Schneewittchen betrachtete aufmerksam die schlanke, sportliche Gestalt, die vor ihr stand. Deren Selbstbewusstsein und Anmut beeindruckten sie und sie verliebte sich auf der Stelle in die schöne Jägerin. Diese hob sie auf ihr Pferd und ritt mit ihr davon. Am Hof war die Verwunderung über die Eroberung der Königstochter groß. Der König aber wollte seine Tochter glücklich sehen und erfüllte ihr auch diesen Wunsch. Er nahm Schneewittchen als seine Schwiegertochter an und die Hochzeit wurde mit großer Pracht gefeiert.

Schneewittchen nahm an Kraft zu und lernte Reiten und Bogenschießen. Bald ritt das junge Paar gemeinsam auf die Jagd. Die Katze, die Schneewittchen verteidigt hatte, wurde Oberhofkatze, saß auf einem Brokatkissen in einem prächtigen Salon und die Diener servierten ihr nur Gourmetfutter. Die Zwerge, die schon älter geworden waren, brauchten nicht mehr im Bergwerk harte Arbeit verrichten. Sie wurden Gartenzwerge im Schlosspark, trugen ihre Laternen und lächelten jeden Besucher freundlich an. Verwandte von ihnen finden sich heute noch in den Vorgärten.

Die Kunde vom Glück des jungen Paares drang bis über die Grenzen ihres Reiches hinaus und erreichte auch Schneewittchens Vater. Er war alt und einsam und um ihn war es still geworden. Alle seine Neffen waren in Eroberungskriegen gefallen. Die Tage seines Lebens schleppten sich dahin. Als ihn die Nachricht vom Glück des jungen Paares erreichte, begann er nachzudenken. ›Eine Prinzessin wurde im Wald von einer Königstochter gefunden, wie merkwürdig‹, dachte er und ließ seinen ältesten Minister kommen. Der trat vor den Thron, der König begrüßte ihn und fragte: »Mein Ratgeber, hatte ich mit meiner ersten Frau eine Tochter?« – »Ja, Majestät, Ihr hattet eine Tochter«, antwortete der Minister. »Die ist vor langer Zeit mit einem Jäger in den Wald geschickt worden und verschollen. Ich vermute, dass es sich bei der jungen Prinzessin, die im Wald gefunden wurde, um Eure Tochter handelt.« – »Sende einen Boten zu ihr, mein Ratgeber«, sprach der König, »und lass sie fragen, ob sie tatsächlich meine Tochter ist«. Der Bote ritt aus und kam mit der Nachricht zurück: »Sie ist es.« Da weinte der alte König bittere Tränen um das verlorene Leben mit seiner Tochter. »Mein Ratgeber«, sprach der König, »sende noch einmal einen Boten aus, der soll meine Tochter in meinem Namen um Verzeihung bitten.« Und so geschah es.

Der Bote ritt mit Schneewittchen an seiner Seite zum Palast des Vaters zurück. Vater und Tochter fielen sich in die Arme. Schneewittchen wusste, dass nur Verzeihen Glück verheißt und sie vergab ihrem Vater. Allen war ein langes und sorgloses Leben beschieden und wenn sie nicht gestorben sind, leben sie heute noch.

Die Froschkönigin

In alten Zeiten, wo das Wünschen noch geholfen hat, lebte ein Königspaar, dessen Töchter waren alle schön, aber die Jüngste war so schön, dass die Sonne selber, die doch so vieles gesehen hatte, sich verwunderte, so oft sie ihr ins Gesicht schien. Deshalb hieß die Prinzessin Klarabell. Nahe dem Schlosse des Königs lag ein großer dunkler Wald und in dem Wald, unter einer alten Linde, war ein Brunnen.

Wie nun der Tag recht heiß war, so ging die Prinzessin hinaus in den Wald und setzte sich an den Rand des kühlen Brunnens. Sie freute sich, dass ihr Unterricht an diesem Tag ausfiel. Der König überwachte streng die Schulbildung seiner Töchter, die Königin jedoch ordnete artgerechte Bodenhaltung für ihre Kinder an und so bekamen sie genug Zeit zum Spielen in den Wäldern und Gärten. Klarabells liebstes Spielzeug war eine goldene Kugel, die warf sie in die Höhe und fing sie wieder auf.

Nun trug es sich einmal zu, dass die goldene Kugel der Prinzessin nicht in ihre Hände fiel, die sie in die Höhe gehalten hatte, sondern vorbei auf die Erde schlug und geradezu ins Wasser hineinrollte. Die Prinzessin folgte ihr mit den Augen nach, aber die Kugel verschwand und der Brunnen war tief, so tief, dass kein Grund zu sehen war. Da fing sie an zu weinen und weinte immer lauter und konnte sich gar nicht trösten. Und wie sie so klagte, rief ihr jemand zu: »Was hast du, Klarabell? Du schreist ja, dass sich ein Stein erbarmen möchte.« Sie sah sich um, woher die Stimme käme, da erblickte sie einen Frosch, der seinen dicken, hässlichen Kopf aus dem Wasser streckte. »Ach, du bist es, alter Wasserplatscher«, sagte sie. »Ich weine über meine goldene Kugel, die mir in den Brunnen hinabgefallen ist.« – »Sei still und weine nicht«, entgegnete der Frosch. »Ich kann wohl Rat schaffen, aber was gibst du mir, wenn ich dein Spielwerk wieder heraufhole?« – »Was du haben willst, lieber Frosch«, sagte sie. »Meine Kleider, meine Perlen und Edelsteine, auch noch die goldene Krone, die ich trage.« Der Frosch antwortete: »Deine Kleider, deine Perlen und Edelsteine und deine goldene Krone, die mag ich nicht. Aber, wenn du mich liebhaben willst und ich soll dein Geselle und Spielkamerad sein, an deinem Tisch neben dir sitzen, von deinem goldenen Teller essen, aus deinem Becher trinken und in deinem Bett schlafen, wenn du mir das versprichst, so will ich hinuntersteigen und deine goldene Kugel wieder hinaufholen.« – »Ach ja«, sagte sie, »ich verspreche dir alles, was du willst, wenn du mir nur die Kugel wiederbringst.« Klarabell dachte aber: ›Was der einfältige Frosch schwätzt. Der sitzt im Wasser bei Seinesgleichen und quakt und kann keiner Prinzessin Geselle sein.‹

Als der Frosch die Zusage erhalten hatte, tauchte er seinen Kopf unter, sank hinab und über ein Weilchen kam er wieder heraufgerudert, hatte die goldene Kugel im Maul und warf sie ins Gras. Klarabell war voller Freude, als sie ihr schönes Spielwerk wieder erblickte, hob es auf und sprang damit fort. »Warte, warte«, rief der Frosch, »nimm mich mit! Ich kann nicht so laufen wie du.« Aber was half es ihm, dass er ihr sein Quak-Quak so laut nachschrie, wie er konnte. Sie hörte nicht darauf, eilte nach Hause und hatte bald den armen Frosch vergessen, der wieder in seinen Brunnen herabsteigen musste.

Am anderen Tag, als sie mit ihren Eltern und allen Hofleuten sich zur Tafel gesetzt hatte und von ihrem goldenen Teller aß, da kam – plitsch-platsch, plitsch-platsch – etwas die Marmortreppe herauf. Und als es oben angelangt war, klopfte es an die Tür und rief: »Klarabell, mach mir auf!« Sie lief und wollte sehen, wer da draußen wäre. Als sie aber aufmachte, so saß der Frosch davor. Da warf sie die Tür hastig zu, setzte sich wieder an den Tisch und es war ihr ganz angst. Die Königin sah wohl, dass ihr das Herz gewaltig klopfte und sprach: »Mein Kind, was fürchtest du dich? Steht etwa ein Riese vor der Tür und will dich holen?« – »Ach nein«, antwortete sie, »es ist kein Riese, sondern ein garstiger Frosch.« – »Was will der Frosch von dir?« – »Ach, liebe Mutter, als ich gestern im Wald bei dem Brunnen saß und spielte, da fiel meine goldene Kugel ins Wasser, und weil ich so weinte, hat sie der Frosch wieder heraufgeholt und weil er es durchaus verlangte, so versprach ich ihm, er solle mein Geselle werden. Ich dachte aber nimmermehr, dass er aus seinem Wasser herauskäme. Nun ist er draußen und will zu mir herein.« Indem klopfte es zum zweiten Mal und rief:

> »Königstochter, Klarabell,
> mach mir auf, bitte schnell!
> Heb mich hinauf zu deinem Teller fein,
> lass mich dein Geselle sein.
> Weißt du nicht, was du gesagt,
> als die Kugel im Brunnen lag?«

Da erklang die energische Stimme der Königin: »Was du versprochen hast, das musst du auch halten. Geh nur und mach dem Frosch auf!« Klarabell ging und öffnete die Türe. Da hüpfte der Frosch hinein, ihr immer auf dem Fuße nach bis zu ihrem Stuhl. Da saß er und rief: »Heb mich hinauf zu dir!« Klarabell zauderte, bis es endlich die Königin befahl.

Als der Frosch erst auf dem Stuhl war, wollte er auf den Tisch, und als er da saß, sprach er: »Nun schieb mir deinen Teller näher, damit wir zusammen essen.« Das tat sie zwar, aber man sah wohl, dass sie es nicht gerne tat. Der Frosch ließ sich's gut schmecken, aber ihr blieb fast jeder Bissen im Halse stecken. Endlich sprach er: »Ich habe mich satt gegessen und bin müde. Nun trag mich in dein Kämmerlein und mach dein seidenes Bett zurecht, da wollen wir uns schlafen legen.« Klarabell fing an zu weinen und fürchtete sich vor dem kalten Frosch, den sie nicht anzurühren wagte, der nun in ihrem schönen, reinen Bett schlafen wollte. Die Königin aber ward zornig und befahl: »Wer dir geholfen hat, als du in Not warst, den sollst du danach nicht verachten.« Da packte Klarabell den Frosch mit zwei Fingern, trug ihn hinauf und setzte ihn in eine Ecke.

Als sie aber im Bett lag, kam er gekrochen und sprach: »Ich bin müde, ich will schlafen so gut wie du. Heb mich hinauf oder ich sag's deiner Mutter.« Da ward sie bitterböse, holte ihn herauf und warf ihn mit aller Wucht wider die Wand. »Nun wirst du Ruhe haben, du garstiger Frosch!« Als er aber herabfiel und auf dem Boden aufschlug, platzte seine Froschhaut und eine junge und schöne Frau stieg anmutig aus der Hülle und stellte sich Klarabell vor: »Ich bin eine Königstochter und heiße Linda.« Klarabells Augen weiteten sich vor Erstaunen. Sie konnte, was sie sah und hörte, nicht fassen. Die Königstochter erzählte: »Ich war eine leidenschaftliche Schwimmerin und schwamm vom Frühling bis in den Herbst hinein täglich in dem großen See im Schlosspark meines Vaters. Am Ufer bemerkte ich eines Tages eine große, dicke Unke, die mir mit den Blicken folgte, so oft ich in den See sprang. Eines Tages, als ich aus dem Wasser stieg, verwandelte mich die Unke in einen Frosch. Ich als Frosch sollte für immer bei ihr bleiben und mich konnte nur eine Prinzessin erlösen, die mich als Frosch zum Gesell nahm.« Klarabell betrachtete Linda. Ihre Blicke wanderten von deren kräftigen Füßen empor zu den schlanken Hüften bis zu den Rundungen ihrer festen Brüste und den breiten Schultern. ›Ich kann die Unke gut verstehen‹, dachte Klarabell und eine nie zuvor gespürte Wärme durchströmte sie. Linda lächelte ihre schöne Erlöserin an. Sie bewunderte ihre großen, dunklen Augen, ihre langen, welligen Haare, die ihr schmales, ebenmäßiges Gesicht umrahmten, und ihre zierliche Gestalt. Sie ging auf Klarabell zu und umarmte und küsste sie. Sie sprach: »Komm mit mir in mein Reich. Ich will ein Leben lang mit dir zusammenbleiben.« Klarabell willigte freudig ein. Da sie beide sehr müde waren, legten sie sich in Klarabells Bett und schliefen eng umschlungen ein. Als die Sonne sie am nächsten Morgen weckte, standen sie auf und traten vor Klarabells Eltern. Sie gestanden ihnen ihre Liebe und dass sie heiraten und in das Reich der Königstochter Linda fahren wollten. Die Verwunderung des Königs und der Königin war grenzenlos, doch da sie ihre Tochter glücklich sehen wollten, gaben sie dem Paar ihren Segen und ließen sie voller Wehmut ziehen.

Da kam ein Wagen angefahren mit acht Pferden davor gespannt, und darauf stand der Diener der Königstochter, das war der treue Heinrich. Linda freute sich sehr, ihn wiederzusehen und stellte Klarabell ihrem treuen Diener vor. Und zum Heinrich sprach sie: »Sie ist meine Prinzessin, sie hat mich erlöst.« Heinrich küsste Klarabell voller Ehrfurcht und Dankbarkeit die Hand. Der treue Heinrich hatte sich so betrübt, als seine Herrin in einen Frosch verwandelt wurde, dass er drei eiserne Bande hatte um sein Herz legen lassen, damit es ihm nicht vor Weh und Traurigkeit zerspränge. Mit dem Wagen aber sollte er nun das junge Paar in das Reich der Königstochter abholen. Klarabell und Linda setzten sich in die Kutsche und der treue Heinrich stellte sich hinten auf. Und als sie ein Stück des Weges gefahren waren, hörte Linda, dass es hinter ihnen krachte, als wäre etwas zerbrochen. Da drehte sie sich um und rief: »Heinrich, der Wagen bricht.«

»Nein, Herrin, der Wagen nicht,
es ist ein Band von meinem Herzen,
das da lag in großen Schmerzen,
als am See Ihr nicht mehr saßt
und ein Frosch gewesen wast.«

Noch einmal und noch einmal krachte es auf dem Weg. Die Königstochter meinte immer, der Wagen bräche, und es waren doch nur die Bande, die vom Herzen des treuen Heinrich absprangen, weil sein Herz erlöst und glücklich war und seine Herrin die Frau ihres Lebens gefunden hatte.

Schneeweißchen und Rosenrot

Eine weise Frau lebte zurückgezogen in einer Hütte nahe des großen Waldes. Vor der Hütte war ein Garten, darin standen zwei Rosenbäumchen. Davon trug das eine weiße und das andere rote Rosen. Sie hatte zwei Töchter, die glichen den beiden Rosenbäumchen und das eine hieß Schneeweißchen und das andere Rosenrot. Sie waren klug, mutig und fröhlich. Sie kannten alle Kräuter der Felder und Wiesen und alle Tiere, Beeren und Pilze des Waldes. Schneeweißchen war stiller und sanfter als Rosenrot. Rosenrot sprang lieber in den Wiesen und Feldern umher, suchte Blumen und Kräuter. Schneeweißchen aber saß daheim bei der Mutter, half ihr im Hauswesen und beim Trocknen der Kräuter. Die beiden Mädchen fassten sich immer an den Händen, so oft sie zusammen ausgingen. Wenn Schneeweißchen sagte: »Wir wollen uns nicht verlassen«, so antwortete Rosenrot: »Solange wir leben nicht.« Und die Mutter setzte hinzu: »Was die eine hat, soll sie mit der anderen teilen.«

Oft liefen sie im Wald allein umher und sammelten Beeren und Pilze. Kein Tier tat ihnen etwas zuleide, sondern sie kamen zutraulich herbei. Der Hase fraß Kohlblätter aus ihren Händen, das Reh graste an ihrer Seite, der Hirsch sprang ganz lustig vorbei und die Vögel blieben auf den Ästen sitzen und sangen die schönsten Melodien. Kein Unfall traf sie. Wenn sie sich im Walde verspätet hatten und die Nacht sie überraschte, so legten sie sich nebeneinander auf das Moos und schliefen bis der Morgen kam. Die Mutter wusste das und hatte ihretwegen keine Sorge.

Einmal, als sie im Walde übernachtet hatten und das Morgenrot sie aufweckte, da sahen sie ein schönes Kind in einem weißen, glänzenden Kleid neben ihrem Lager sitzen. Es stand auf und blickte sie ganz freundlich an, sprach aber nichts und ging in den Wald hinein. Als sie sich umsahen, so hatten sie ganz nahe bei einem Abgrunde geschlafen und wären gewiss hineingefallen, wenn sie in der Dunkelheit noch ein paar Schritte weitergegangen wären. Die Mutter sagte ihnen, das müsse der Engel gewesen sein, der gute Kinder bewache.

Schneeweißchen und Rosenrot hielten das Haus der Mutter so reinlich, dass es eine Freude war, hineinzuschauen. Im Sommer besorgte Schneeweißchen das Haus und stellte der Mutter jeden Morgen, ehe sie aufwachte, einen Blumenstrauß vors Bett, darin war von jedem Bäumchen eine Rose. Im Winter zündete Rosenrot das Feuer an und hing den Kessel an den Feuerhaken. Der

Kessel war von Messing, glänzte aber wie Gold, so rein war er gescheuert. Abends, wenn die Flocken fielen, sagte die Mutter: »Geh, Schneeweißchen und schieb den Riegel vor.« Dann setzten sie sich an den Herd und die Mutter nahm die Brille und las aus einem großen Buche vor und die Mädchen hörten zu und spannen. Neben ihnen lag ein Lamm auf dem Boden und hinter ihnen auf der Stange saß eine weiße Taube und hatte ihren Kopf unter die Flügel gesteckt.

Eines Abends, als sie so vertraulich beisammensaßen, klopfte jemand an die Türe, als wollte er eingelassen sein. Die Mutter sprach: »Geschwind, Rosenrot, mach auf, es wird ein Wanderer sein, der Obdach sucht.« Rosenrot ging, schob den Riegel weg und dachte, es wäre ein armer Mann, aber der war es nicht. Es war ein Bär, der seinen dicken, schwarzen Kopf zur Tür hereinstreckte. Rosenrot schrie laut und sprang zurück, das Lamm blökte und die Taube flatterte auf und Schneeweißchen versteckte sich hinter dem Bett der Mutter. Der Bär aber fing an zu sprechen und sagte: »Fürchtet euch nicht, ich tue euch nichts zuleide, ich bin halb erfroren und will mich nur ein wenig bei euch wärmen.« – »Du armer Bär«, sprach die Mutter, »leg dich ans Feuer und gib nur acht, dass dir dein Pelz nicht brennt.« Dann rief sie: »Schneeweißchen, Rosenrot, kommt hervor, der Bär tut euch nichts, er meint's ehrlich.« Da kamen sie beide heran und nach und nach näherten sich auch das Lamm und die Taube und hatten keine Furcht vor ihm. Der Bär sprach: »Kinder, klopft mir den Schnee ein wenig aus dem Pelzwerk.« Sie holten den Besen und kehrten dem Bär das Fell rein. Er aber streckte sich ans Feuer und brummte vergnügt und behaglich. Nicht lange, so wurden sie ganz vertraut und trieben Mutwillen mit dem unbeholfenen Gast. Sie zausten ihm das Fell mit den Händen, setzten ihre Füße auf seinen Rücken und rollten ihn hin und her, und wenn er brummte, so lachten sie. Der Bär ließ sich's aber gerne gefallen, nur wenn sie's gar zu arg trieben, rief er: »Lasst mich am Leben, ihr Kinder. Schneeweißchen und Rosenrot, schlagt nicht euren Bären tot.« Als Schlafenszeit war und die anderen zu Bett gingen, sagte die Mutter zu dem Bären: »Du kannst hier am Herde liegen bleiben, so bist du vor Kälte und dem bösen Wetter geschützt.« Sobald der Tag graute, ließen ihn die beiden Kinder hinaus und er trabte über den Schnee in den Wald hinein. Von nun an kam der Bär jeden Abend zu der bestimmten Stunde, legte sich an den Herd und erlaubte den Kindern, Kurzweil mit ihm zu treiben, so viel sie wollten. Sie waren so gewöhnt an ihn, dass die Tür nicht eher zugeriegelt ward, als bis der schwarze Gesell angelangt war.

Als das Frühjahr herangekommen und draußen alles grün war, sagte der Bär eines Morgens zu Schneeweißchen: »Nun muss ich fort und darf den ganzen Sommer nicht wiederkommen.« – »Wo gehst du denn hin, lieber Bär?«, fragte Schneeweißchen. – »Ich muss in den Wald und meine Schätze vor den bösen Zwergen behüten. Im Winter, wenn die Erde hart gefroren ist, müssen sie wohl unten bleiben und können sich nicht durcharbeiten. Aber jetzt, wenn die Sonne die Erde aufgetaut und erwärmt hat, da brechen sie durch, steigen herauf, suchen und stehlen. Was einmal in ihren Händen ist und in ihren Höhlen liegt, das kommt so leicht nicht wieder an des Tages Licht.« Schneeweißchen war ganz traurig über den Abschied. Als es ihm die Tür aufriegelte und der Bär sich heraus drängte, blieb er an dem Türhaken hängen und ein Stück seines Pelzes riss auf und da war es Schneeweißchen, als hätte es Gold durchschimmern gesehen, aber es war seiner Sache nicht sicher. Der Bär lief eilig fort und war bald hinter den Bäumen verschwunden.

Nach einiger Zeit schickte die Mutter die Kinder in den Wald, Reisig zu sammeln. Da fanden sie draußen einen großen Baum, der lag gefällt auf dem Boden und an dem Stamme sprang zwischen dem Gras etwas auf und ab, sie konnten aber nicht unterscheiden, was es war. Als sie näherkamen, sahen sie einen Zwerg mit einem alten, verwelkten Gesicht und einem ellenlangen, schneeweißen Bart. Das Ende des Bartes war in eine Spalte des Baumes eingeklemmt und der Kleine sprang hin und her wie ein Hündchen an einem Seil und wusste nicht, wie er sich helfen sollte. Er glotzte die Mädchen mit seinen großen, feurigen Augen an und schrie: »Was steht ihr da, könnt ihr nicht kommen und mir Beistand leisten?!« – »Was hast du angefangen, kleines Männchen?«, fragte Rosenrot. – »Dumme, neugierige Gans«, antwortete der Zwerg, »den Baum habe ich spalten wollen, um kleines Holz in der Küche zu haben. Bei den dicken Klötzen verbrennt gleich das bisschen Speise, das unsereiner braucht, der nicht so viel hinunterschlingt wie ihr grobes, gieriges Volk. Ich hatte den Keil schon glücklich hineingetrieben und es wäre alles nach Wunsch gegangen, aber das verwünschte Holz war zu glatt, der Keil sprang unversehens heraus und der Baum fuhr so geschwind zusammen, dass ich meinen schönen, weißen Bart nicht mehr herausziehen konnte. Nun steckt er darin und ich kann nicht fort. Da lachen die albernen, glatten

Milchgesichter, pfui, was seid ihr garstig!« Rosenrot sprach: »Hör auf uns zu beleidigen, oder wir bleiben hier ruhig stehen und du zappelst weiter. Willst du uns nicht wenigstens bitten, wenn wir dir beistehen sollen?« Der Zwerg zappelte immer verzweifelter und schluckte seine Wut herunter. Da gaben sich die Kinder alle Mühe, den Bart aus dem Baumstamm herauszuziehen, doch er steckte zu fest. »Ich will laufen und Leute herbeiholen«, sagte Schneeweißchen. – »Wahnsinnige Schafsköpfe«, schnarrte der Zwerg, »wer wird gleich Leute herbeirufen. Ihr seid mir schon um zwei zu viel. Fällt euch nichts Besseres ein?« – »Wenn wir dir zu viel sind, dann gehen wir jetzt und du bleibst hier bis du vor Erschöpfung umfällst«, sprach Rosenrot. Die Kinder drehten sich um und schickten sich an, fortzugehen. »Halt, lasst mich nicht alleine!«, schrie der Zwerg in höchster Not. Da verlor Schneeweißchen die Geduld, drehte sich um, eilte auf den Zwerg zu, holte ihre Schere aus der Tasche und schnitt das Ende des Bartes ab. Sobald der Zwerg sich frei fühlte, griff er nach einem Sack, der zwischen den Wurzeln des Baumes steckte und aus dem ein Stück Gold blinkte, hob ihn heraus und brummte vor sich hin: »Ungehobeltes Volk, schneidet mir ein Stück von meinem stolzen Barte ab. Lohns euch der Kuckuck.« Damit schwang er seinen Sack auf den Rücken und ging fort, ohne die Kinder noch einmal anzuseh'n. Die Mädchen sahen sich fassungslos an und liefen dann durch den Wald nach Hause.

Einige Zeit danach, wollten Schneeweißchen und Rosenrot Fische angeln. Als sie nahe bei dem Bach waren, sahen sie, dass etwas wie eine große Heuschrecke nach dem Wasser zu hüpfte, als wollte es hineinspringen. Sie liefen heran und erkannten den Zwerg. »Wo willst du hin?«, fragte Rosenrot. »Du willst doch nicht ins Wasser?!« – »Solch ein Narr bin ich nicht!«, schrie der Zwerg. »Seht ihr nicht, der verwünschte Fisch will mich hineinziehen?!« Der Kleine hatte da gesessen und geangelt und unglücklicherweise hatte der Wind seinen Bart mit der Angelschnur verflochten. Als gleich darauf ein großer Fisch anbiss, fehlten dem sonst so zähen Gesellen die Kräfte, ihn herauszuziehen. Der Fisch behielt die Oberhand und riss den Zwerg zu sich hinein ins Wasser. Zwar hielt er sich an allen Halmen und Binsen fest, aber das half nicht viel. Er musste den Bewegungen des Fisches folgen und war in ständiger Gefahr, ins Wasser gezogen zu werden. Die Mädchen kamen zur rechten Zeit, hielten ihn fest und versuchten, den Bart von der Schnur loszumachen, aber vergebens, Bart und Schnur waren fest ineinander verwirrt. Es blieb wieder nichts andres übrig, als die Schere hervorzuholen und den Bart abzuschneiden, wobei ein kleiner Teil desselben verloren ging. Als der Zwerg das sah, schrie er sie an: »Ist das Manier, ihr Lurche, einem das Gesicht zu schänden? Nicht genug, dass ihr mir den Bart unten abgestutzt habt, jetzt schneidet ihr mir den besten Teil davon ab. Ich darf mich vor den Meinen gar nicht mehr sehen lassen. Ich wünschte, dass ihr laufen müsstet und die Schuhsohlen verloren hättet!« – »Hör auf, uns anzukeifen und bedanke dich bei uns, Kleiner! Wenn wir dich nicht gerettet hätten, die Deinen hätten dich nie wiedergesehen, und vermisst hätten sie dich auch nicht«, entgegnete Rosenrot. Der Zwerg sah sie missmutig und erstaunt an, dann holte er einen Sack gefüllt mit Perlen, der im Schilfe lag, und ohne ein Wort weiter zu sagen, schleppte er ihn fort und verschwand hinter einem Stein.

Es begab sich, dass viele Menschen die Mutter der Mädchen aufsuchten, um sich bei ihr Rat und Heilung zu holen. Doch dieses Mal sandte die Mutter die Kinder in die Stadt, um Nadeln, Zwirn, Schnüre und Bänder einzukaufen. Der Weg führte sie über eine Heide, auf der hier und da mächtige Felsstücke zerstreut lagen. Da sahen sie einen großen Vogel in der Luft schweben, der langsam über ihnen kreiste, sich immer tiefer herabsenkte und endlich nicht weit von einem Felsen niederstieß. Gleich darauf hörten sie einen durchdringenden, jämmerlichen Schrei. Sie liefen herzu und sahen mit Schrecken, dass der Adler ihren alten Bekannten, den Zwerg, gepackt hatte und ihn forttragen wollte. Die mutigen Kinder hielten gleich das Männchen fest und kämpften so lange mit dem Adler, bis er seine Beute fahren ließ. Als der Zwerg sich von dem ersten Schreck erholt hatte, schrie er mit seiner kreischenden Stimme: »Konntet ihr nicht säuberlicher mit mir umgehen? Gerissen habt ihr an meinem dünnen Röckchen, dass es überall zerfetzt und durchlöchert ist. Unbeholfenes und täppisches Gesindel, das ihr seid!« Schneeweißchen und Rosenrot riefen wie aus einem Munde: »Verschwinde, sonst reißt uns die Geduld mit dir!« Da nahm er einen Sack mit Edelsteinen und schlüpfte unter den Felsen in seine Höhle. Die Mädchen konnten sich an seinen Undank nicht gewöhnen. Als ihre Empörung nachgelassen hatte, setzten sie ihren Weg fort und erledigten ihre Geschäfte in der Stadt.

Als sie beim Heimweg wieder auf die Heide kamen, überraschten sie den Zwerg, der auf einem reinlichen Platz eine Sack mit Edelsteinen ausgeschüttet und nicht gedacht hatte, dass so spät noch jemand daherkommen würde. Die Abendsonne schien über die glänzenden Steine. Sie schimmerten und leuchteten so prächtig in allen Farben, dass die Kinder stehen blieben und sie entzückt betrachteten. »Oh, Zwerg, jetzt kannst du uns unsere Belohnung geben! Wir haben dir drei Mal das Leben gerettet. Bitte schenke jeder von uns einen großen Edelstein«, riefen Schneeweißchen und Rosenrot. Das Männchen schrie und sein aschgraues Gesicht wurde rot vor Zorn: »Nichts gebe ich euch, ihr aufdringlichen, aufgeblasenen Kröten!« Er wollte mit seinen Schimpfworten fortfahren, als sich ein lautes Brummen hören ließ. Der Bär hatte von Weitem die keifende Stimme des Zwerges und die aufgebrachten Stimmen seiner Freundinnen gehört und trabte so schnell er konnte aus dem Wald herbei. Erschrocken sprang der Zwerg auf, aber er konnte nicht mehr zu seinem Schlupfwinkel gelangen. Der Bär war schneller und versperrte ihm den Weg. Das Männchen zitterte am ganzen Körper und rief in seiner Herzensangst: »Lieber Herr Bär, verschont mich. Ich will Euch alle meine Schätze geben. Seht die schönen Edelsteine, die da liegen. Schenkt mir das Leben. Was habt Ihr an mir kleinem, schmächtigem Kerl? Ihr spürt mich nicht zwischen den Zähnen. Da, packt die beiden nichtsnutzigen Mädchen. Das sind für Euch zarte Bissen, fett wie junge Wachteln, die werden Euch schmecken!« Der Bär kümmerte sich um seine Worte nicht, versetzte dem boshaften Geschöpf einen einzigen Schlag mit der Tatze und der Zwerg regte sich nicht mehr. Die Mädchen waren fortgesprungen, aber der Bär rief ihnen nach: »Schneeweißchen und Rosenrot, fürchtet euch nicht, wartet, ich will mit euch gehen!« Da erkannten sie seine Stimme und blieben stehen. Und als der Bär bei ihnen anlangte, fiel plötzlich die Bärenhaut von ihm ab und er stand da als ein schöner junger Mann und war ganz in Gold gekleidet. »Ich bin eines Königs Sohn«, sprach er, »und war von dem gierigen, hasserfüllten Zwerg, der mir meine Schätze gestohlen hatte, verwünscht worden, als ein wilder Bär in dem Walde zu laufen, bis ich durch seinen Tod erlöst würde. Jetzt hat er seine wohlverdiente Strafe empfangen und ich bin wieder frei.«

Voller Freude umarmte er Schneeweißchen und Rosenrot und sprach: »Ich danke euch für euer Vertrauen, das ihr mir entgegengebracht habt, als ich noch ein Bär war. Jetzt geht nach Hause zu eurer Mutter. Ich wandere in mein Reich zurück zu meinem Vater und meiner Schwester. Doch ich will ohne euch nicht mehr sein. Ihr sollt bei mir bleiben und in meinem Schloss leben. Ich werde euch und eure Mutter mit einer Kutsche meines Vaters abholen.« Er verabschiedete sich von den Mädchen. Die liefen nach Hause und berichteten alles ihrer Mutter, die sehr erstaunt war.

Der Prinz wanderte sieben Tage und Nächte über Berge, durch Täler und Wälder, bis er sein heimatliches Schloss erreichte. Er schleppte sich durch den Hof auf das Portal zu. Die Wächter erkannten ihn noch, obwohl er staubig und ausgehungert aussah, salutierten und ließen ihn eintreten. Im Schloss begegnete er seinem Vater und seiner Schwester, die gerade von einer Ratssitzung kamen. Auch sie erkannten sofort ihren Sohn und Bruder. Ihre freudige Überraschung, ihn lebend wiederzusehen, war unbeschreiblich. Sie umarmten und küssten ihn und er erzählte ihnen alles, was vorgefallen war. Vater und Schwester lauschten ihm voller Bewunderung. Sie ließen ihm die beste Pflege angedeihen und er erholte sich schnell.

Danach fuhren der Prinz und seine Schwester zum Haus der weisen Frau. Schneeweißchen, Rosenrot und ihre Mutter begrüßten den Prinzen und seine Schwester herzlich. Sie stiegen alle zusammen in die Kutsche, ihre Rosenbäumchen nahmen sie mit. Der Kutscher knallte mit der Peitsche und sie fuhren davon. Schneeweißchen, der Prinz, Rosenrot und die Schwester, hatten auf der Fahrt nur Augen füreinander. Nach langer Reise erreichten sie das Schloss des Königs. Mit der Zeit stellte es sich heraus: Schneeweißchen wollte mit dem Prinzen vermählt werden und Rosenrot mit seiner Schwester. Da alle einverstanden waren, geschah es so. Die Rosenbäumchen wurden in den Schlosspark gepflanzt und trugen jedes Jahr die schönsten Rosen, weiß und rot. Auch heute noch blühen weiße und rote Rosen in der freien Natur, in Gärten und Parks.

Frau Holle

Eine Witwe hatte zwei Töchter, davon war die eine schön und fleißig, sie hieß Marie. Die andere aber war hässlich und faul, sie hieß Anna. Die Mutter hatte die hässliche und faule, weil sie ihre rechte Tochter war, viel lieber. Die andere musste alle Arbeiten tun und die niedrige Dienerin im Hause sein. Das arme Mädchen musste sich täglich auf die Straße zu einem Brunnen setzen und musste so viel spinnen, dass ihm das Blut aus den Fingern sprang. Nun trug es sich zu, dass die Spule einmal ganz blutig war. Da bückte es sich in den Brunnen und wollte sie abwaschen. Sie sprang ihm aber aus der Hand und fiel hinab. Es weinte, lief zur Stiefmutter und erzählte ihr das Unglück. Sie schalt es aber so heftig und war so unbarmherzig, dass sie sprach: »Hast du die Spule hinunterfallen lassen, so hol sie auch wieder herauf.«

Da ging das Mädchen zu dem Brunnen zurück und wusste nicht, was es anfangen sollte. In seiner Herzensangst sprang es in den Brunnen hinein, um die Spule zu holen. Es verlor die Besinnung und als es erwachte und wieder zu sich kam, war es auf einer schönen Wiese, wo die Sonne schien und viele tausend Blumen blühten. Auf dieser Wiese ging es fort und kam zu einem Backofen, der war voller Brot. Das Brot aber rief: »Ach, zieh mich raus, sonst verbrenn ich, ich bin schon längst ausgebacken.« Da lief es herzu und holte mit dem Brotschieber alles nacheinander heraus.

Danach ging es weiter und kam zu einem Baum, der hing voller Äpfel und rief ihm zu: »Ach, schüttle mich und rüttle mich, die Äpfel sind alle miteinander reif.« Da schüttelte es den Baum, dass die Äpfel fielen, als regneten sie und schüttelte, bis keiner mehr oben war. Als es alle auf einen Haufen zusammengelegt hatte, ging es wieder weiter.

Endlich kam es zu einem prächtigen Haus. Eine alte Frau schaute aus dem Fenster heraus, die sah sie mit großen, blauen Augen und einem so klaren und forschenden Blick an. Da ward ihm angst und es lief fort. Die alte Frau aber rief ihm nach: »Was fürchtest du dich, liebes Kind? Bleib bei mir. Wenn du alle Arbeiten im Haus ordentlich tun willst, so soll dir's an nichts fehlen. Du musst aber achtgeben, dass du mein Bett gut machst und es im Winter fleißig ausschüttelst, dass die Federn fliegen. Dann schneit es in der Welt. Ich bin die Frau Holle, die Göttin der Erde.«

Weil die Alte ihm so gut zusprach, so fasste sich das Mädchen ein Herz, willigte ein und begab sich in ihren Dienst. Es besorgte alles nach ihrer Zufriedenheit. Dafür hatte es auch ein gutes Leben bei ihr, kein böses Wort und alle Tage Gesottenes und Gebratenes.

Der Sommer, der durch seine Wärme auf der Erde alles wachsen ließ, ging zu Ende und der Herbst mit Stürmen und Regen hielt Einzug und ließ die Erde abkühlen.

Da sprach Frau Holle zu Marie: »Du bist fleißig und geschickt. Doch für deine Arbeit in Haus und Garten wirst du auf der Erde weder Anerkennung noch Geld bekommen. Deshalb sollst du von mir ein Handwerk, nämlich das Stricken, erlernen. Ich zeige dir, wie du aus der Wolle, die du zu Garn versponnen hast, Jacken, Mützen, Schals und Strümpfe stricken und mit überlieferten Mustern verzieren kannst. Das wird für dich einträglich sein.« Marie lernte schnell und gut alles, was Frau Holle ihr beibrachte. Als der kalte Winter kam und die beiden die Betten kräftig geschüttelt hatten und es auf der Erde schneite, saßen sie zusammen am Kamin, tranken heißen Tee und strickten die schönsten warmen Kleidungsstücke.

Als der Winter und der Frost sich zurückzogen, die Erde auftaute, Schneeglöckchen. Krokusse und Osterglocken erblühten, wurde Marie traurig und wusste anfangs selbst nicht, was ihr fehlte. Endlich merkte sie, dass sie Heimweh hatte, obgleich es ihr bei Frau Holle viel tausendmal besser ging als zu Hause, so hatte sie doch ein Verlangen, die Ihren wiederzusehen. Endlich sagte sie zu der Göttin: »Ich habe den Jammer nach Hause bekommen und wenn es mir auch noch so gut hier unten geht, so kann ich doch nicht länger bleiben. Ich muss wieder hinauf zu den Meinigen.«

Die Frau Holle antwortete: »Es gefällt mir, dass du wieder nach Hause verlangst und weil du so fleißig und klug warst, so will ich dich selbst wieder hinauf bringen.«

Die Göttin nahm Marie daraufhin bei der Hand und führte sie vor ein großes Tor. Das Tor ward aufgetan und wie das Mädchen darunter stand, gab Frau Holle ihm die Spule wieder zurück, die in den Brunnen gefallen war. Dann griff sie in die Tasche ihres Kleides und holte eine goldene Kette hervor, mit einem Amulett, das eine kunstvolle Goldschmiedearbeit war und die Sonne darstellte. Sie legte das Geschmeide Marie um den Hals. Dann sprach sie: »Ich segne dich, meine schöne, fleißige und tüchtige Tochter, das Glück sei ein Leben lang mit dir.« Marie reichte ihr zum Abschied noch einmal die Hand, bedankte sich herzlich für alles bei der Göttin, drehte sich um und schritt durch das Tor, das sich hinter ihr schloss.

Das Mädchen befand sich danach wieder oben auf der Welt, nicht weit von dem Haus seiner Mutter. Als es in den Hof kam, saß der Hahn auf dem Gartenzaun und rief:

>»Kikeriki, kikeriki
>unsere Jungfrau Marie
>ist wieder hi!«

Da ging sie hinein zu ihrer Stiefmutter und ihrer Schwester und weil beide froh waren, dass sie zurückgekehrt war, waren sie jetzt gut zu ihr. Marie arbeitete fleißig, wirtschaftete umsichtig, und die Bekleidung, die sie strickte, rief bei allen Bewunderung hervor, genauso wie Marie selbst.

Ihre Schwester Anna wurde immer unscheinbarer hinter Marie. Schließlich hielt sie es nicht mehr aus, rannte zum Brunnen und stürzte sich hinunter. Sie kam wie ihre Schwester auf die schöne Wiese und ging auf dem selben Pfade weiter. Als sie zu dem Backofen gelangte, schrie das Brot: »Ach, zieh mich raus, zieh mich raus, sonst verbrenn ich. Ich bin schon längst ausgebacken.« Anna aber ging achtlos weiter, ohne sich umzudrehen, obwohl sie die Rufe hörte.

Bald kam sie zu dem Apfelbaum, der rief: »Ach schüttle mich, rüttle mich, die Äpfel sind alle miteinander reif!« Anna eilte auch an ihm vorüber, ohne ihn zu erhören.

Endlich kam sie zu dem prächtigen Haus. Die alte Frau schaute wieder aus dem Fenster heraus und sah auch Anna mit großen, blauen Augen und ihrem so klaren und forschenden Blick an, dass Anna angst wurde und sie davonlief. Die Göttin aber rief ihr nach: »Fürchte dich nicht, mein Kind, bleibe bei mir und du wirst es nicht bereuen. Ich bin Frau Holle, die Göttin der Erde.« Da fasste sich auch Anna ein Herz und betrat zögernd das Haus. Die alte Frau kam ihr entgegen und führte sie in die Küche. Sie bereitete für beide einen Tee zu. Als sie am Tisch saßen, fragte Frau Holle: »Anna, warum bist du achtlos an dem Brot vorbeigegangen und hast es nicht aus dem Ofen geholt? Warum hast du den Apfelbaum nicht geschüttelt?« Das Mädchen sank mutlos auf dem Stuhl zusammen und stammelte: »Ich bin hässlich und ungeschickt.

Ich kann das nicht.« Frau Holle entgegnete: »Dass du nicht dem Bild entsprichst, das die Menschen sich von einem schönen Mädchen machen, kann ich nicht ändern, alles andere schon. Geh bei mir in die Lehre und du wirst alles lernen, was du lernen willst.« Frau Holle sah Anna mit so viel Vertrauen an und lächelte ihr so aufmunternd zu, dass sie einwilligte.

Die Göttin unterwies Anna in allen wichtigen Arbeiten in Haus und Garten. Das Mädchen erzählte ihr während ihrer Arbeit Geschichten aus ihrem Dorf, die seit Menschengedenken weitergegeben wurden, und wurde immer fröhlicher.

Der Sommer neigte sich dem Ende zu, der Herbst ging auch vorbei und der Winter brach herein. Das Mädchen saß wie ihre Schwester mit Frau Holle am Kamin. Die alte Frau sprach: »Mein Kind, ich habe dich die ganze Zeit beobachtet und dir zugehört, wenn du gesprochen hast. Du besitzt eine wunderschöne, helle und klare Stimme, ein gutes Gedächtnis und viel Phantasie. Du kannst sehr lebhaft und anschaulich erzählen und fabulieren. Ich überliefere dir alle alten Märchen, die ich kenne, und deine Stimme wird sie zu neuem Leben erwecken und zu den Menschen bringen. Ich bilde dich zur Märchenerzählerin aus.« Und so geschah es.

Als der Frühling kam, befiel auch Anna das große Heimweh und sie verlangte, nach Hause zurückzukehren. Da nahm die Göttin auch sie bei der Hand und führte sie vor das große Tor. Wie Anna darunter stand, griff Frau Holle abermals in die Tasche ihres Kleides und holte eine silberne Kette mit einem Amulett hervor, das den Mond darstellte und mit Diamanten besetzt war, und legte sie Anna um den Hals. Dann sprach sie: »Ich segne dich, mein kluges und begabtes Kind. Das Glück sei ein Leben lang mit dir.«

Anne bedankte sich herzlich, reichte ihr zum Abschied die Hand, drehte sich um und schritt dann durch das Tor, das sich hinter ihr schloss.

Da kam auch Anna heim. Der Hahn saß wieder auf dem Gartenzaun und rief, als er sie sah:

>»Kikeriki, kikerika,
>Jungfrau Anna
>ist wieder da!«

Marie und die Mutter hatten Anna das Jahr über schmerzlich vermisst und gehofft, dass auch sie im Frühling nach Hause kommen würde. Als sie den Hahn krähen hörten, eilten sie in den Garten, umarmten Anna und hießen sie herzlich willkommen. Alle drei Frauen gingen in das Haus zurück. Nach einem guten Essen saßen sie in der Stube und tranken Tee und Anna erzählte ihre Erlebnisse bei Frau Holle so lebhaft und spannend, dass alle beide wie gebannt ihrer Stimme lauschten.

Als die drei nächsten Morgen aufstanden, begannen sie fröhlich ihr Tagewerk. Es zog ein neuer Geist ins Haus ein und verließ es nie mehr.

Falada

Es lebte einmal eine alte Königin, der war ihr Gemahl schon lange gestorben und sie hatte eine schöne Tochter, die sehr fröhlich war und der sie den Namen Lilly gab. Sie war dem Prinzen des Nachbarlandes versprochen, sobald sie ihren achtzehnten Geburtstag feierte. Die beste Freundin der Königin war die weiseste aller Frauen im Lande und konnte die Zukunft vorhersehen. Bevor Lilly in das fremde Reich abreisen musste, begab sie sich zur Freundin ihrer Mutter, die nicht weit vom Schloss entfernt in einer Burg mit vielen Türmen wohnte. Lilly klopfte an das Burgtor und begehrte Einlass. Die Tür öffnete sich und die Prinzessin trat in die geräumige Stube und begrüßte die alte Frau ehrerbietig. Die Wahrsagerin erwiderte Lillys Gruß mit Würde und bat sie, auf einem Stuhl Platz zu nehmen. Hinter dem Tisch, der außer den Stühlen und der alten Standuhr das einzige Möbelstück im Raum war, saß die weise Frau. Auf dem Tisch stand eine große Kristallkugel, die im Licht der Sonnenstrahlen, die durch das Fenster fielen, in allen Farben schillerte. Neben der Kugel stapelten sich Bücher. Die Wahrsagerin sprach: »Du hast eine lange und beschwerliche Reise vor dir, mein Kind. Doch am Ende wird alles gut. Auf dem Weg wirst du einen treuen und klugen Freund brauchen. Deshalb gebe ich Falada, deinem Pferd, die Gabe zu sprechen. Deine Mutter wird dir das Ross auf die Reise mitgeben und du wirst es reiten. Sei von mir gesegnet, meine Tochter, und grüße deine Mutter von mir.« Mit diesen Worten entließ sie die Prinzessin. Lilly bedankte sich, verließ die Burg der alten Frau voller Zuversicht und eilte zum Schloss zurück.

Die Königin empfing ihr Kind und der Segen der Wahrsagerin beruhigte sie sehr. Die Mutter packte Lilly gar viel kostbares Gerät und Geschmeide ein, kurz alles, was zu einem königlichen Brautschatz gehörte, denn sie hatte ihr Kind von Herzen lieb. Auch gab sie ihr die Kammerjungfer Liese bei, welche mitreiten und die Braut dem Bräutigam zuführen sollte. Lilly sollte ihr Ross Falada und Liese ihren Rappen Tino reiten. Weil nun die Abschiedsstunde da war, begab sich die königliche Mutter in ihr Schlafzimmer, nahm ein kleines Messer und schnitt damit in ihren Finger, dass er blutete. Darauf hielt sie ein weißes Läppchen unter, ließ drei Tropfen Blut hineinfallen, gab sie so der Tochter und sprach: »Liebes Kind, verwahre sie wohl, sie werden dir unterwegs nottun.« Also nahmen sie voneinander herzlich, doch traurig Abschied. Das Läppchen steckte die Königstochter in ihr Mieder, setzte sich auf ihr Ross Falada und zog nun fort zu ihrem Bräutigam. Liese begleitete sie auf ihrem Rappen Tino.

Da sie einige Stunden geritten waren, empfand Lilly heißen Durst und sprach zu Liese: »Steig ab und schöpfe mir mit meinem Becher, den du für mich mitgenommen hast, Wasser aus dem Bach. Ich möchte gerne einmal trinken.«

»Wenn Ihr Durst habt«, sprach die Kammerjungfer, »so steigt selber ab, legt Euch ans Wasser und trinkt. Ich mag Eure Magd nicht sein.«

Da stieg die Königstochter von großem Durst geplagt herunter, neigte sich über das Wasser im Bach und trank und durfte nicht aus dem goldenen Becher trinken. Da sprach sie: »Ach, Göttin!« Da antworteten die drei Blutstropfen: »Wenn das deine Mutter wüsste, das Herz im Leibe täte ihr zerspringen.«

Aber die Königsbraut war demütig, sagte nichts und stieg wieder zu Pferd. So ritten sie etliche Meilen weit fort. Aber der Tag war heiß, die Sonne stach und es dürstete sie bald von Neuem. Da sie nun an einen großen Fluss kamen, rief sie noch einmal: »Liese, steig ab und gib mir aus meinem Goldbecher zu trinken«, denn sie hatte alle bösen Worte längst vergessen.

Die Kammerjungfer entgegnete aber noch hochmütiger: »Wollt Ihr trinken, so trinkt allein, ich mag Eure Magd nicht sein.«

Da stieg die Königstochter zum Ufer hernieder, legte sich über das fließende Wasser, weinte und sprach: »Ach, Göttin!«. Und die Blutstropfen antworteten wiederum: »Wenn das deine Mutter wüsste, das Herz im Leibe tät ihr zerspringen.« Und wie sie so trank und sich recht überlehnte, fiel ihr das Läppchen, worin die drei Tropfen waren, aus dem Mieder und flossen mit dem Wasser fort, ohne dass sie es in ihrer großen Angst merkte.

Die Kammerjungfer hatte aber zugesehen und freute sich, dass sie Gewalt über die Braut bekäme, denn damit, dass diese die Blutstropfen verloren hatte, war sie schwach und machtlos geworden. Als sie nun wieder auf ihr Pferd Falada steigen wollte, sagte die Kammerjungfer: »Auf dein Ross gehöre ich und auf meinen Gaul gehörst du.«

Als Falada, der bis jetzt geschwiegen hatte, das hörte, geriet er in Wut und schnaubte die Kammerjungfer an: »Nie und nimmer trage ich dich auf meinem Rücken. Wenn du dich nicht sofort anständig benimmst und tust, was meine Prinzessin dir befiehlt, trete ich dir in den Hintern, dass du kopfüber in den Fluss fällst, stromabwärts treibst und niemand dich jemals mehr wiedersieht.«

Die Kammerjungfer erschrak bis in das Mark ihrer Knochen, setzte sich geschwind auf ihren Rappen und die Reise verlief von da an ohne Störungen.

Tino warf Falada bewundernde Blicke aus seinen großen Pferdeaugen mit den langen Wimpern zu und Faladas Brust schwoll an vor Stolz und Freude.

Sie ritten weiter stromabwärts und erreichten bald die Grenze ihres Landes. Die Königstochter blickte noch einmal zurück und nahm Abschied von ihrer Heimat. Die Wachtposten salutierten und ließen sie und Liese voller Ehrfurcht vorbeireiten. So zogen sie in das unbekannte Reich ein.

Inzwischen hatte den Prinzen die Nachricht erreicht, dass seine Braut bereits im Osten in sein Land eingereist war. Er schwang sich sofort auf sein Pferd und ritt ihr voller Erwartung entgegen. Er sah sie auf der Landstraße schon von Weitem, eine schlanke, sportliche Gestalt, die erhobenen Hauptes auf ihrem Ross saß. Ihr folgte die Kammerjungfer Liese. Vor den Toren der nächsten Stadt stiegen der Prinz und die Prinzessin von ihren Pferden ab und gingen aufeinander zu. Sie begrüßten sich herzlich, als wären sie schon lange Freunde. Liese wurde blass vor Neid.

So ritten sie nach langer Reise in die Hauptstadt ein und kamen zum königlichen Schloss. Sie gelangten in den Schlosshof, stiegen von ihren Pferden, und schritten auf die Treppe zu, die zum Hauptportal des Palastes führte. Der Königin war die Ankunft des Paares durch ihre Diener gemeldet worden. Sie kam ihnen auf der Treppe entgegen, eine würdevolle Erscheinung, groß und kräftig, einer Walküre gleich. Fließende Gewänder umhüllten ihre wohlgeformten Rundungen. Das kupferrote Haar trug sie hochgesteckt. Lilly stand wie angewurzelt da und blickte in ihre klaren grünen Augen. Plötzlich schlug ihr Herz so schnell, dass es ihre Brust zu sprengen drohte. Als sich ihre Blicke trafen, versank die Welt für sie. Die Königin wirkte leicht verwirrt, fand aber bald ihre Fassung wieder. Sie bereitete Lilly ein herzliches Willkommen, führte sie die Treppe hinauf und betrat mit ihr den Palast. Liese stand noch immer im Hof neben ihrem Rappen. Als die Königin erfuhr, wie dreist sich Liese ihrer Herrin gegenüber auf der Reise verhalten hatte, wurde sie zornig und übergab ihr die Arbeit einer Gänsemagd. Und die blieb sie auch.

Falada und Tino wurden in einen herrschaftlichen Stall geführt, edelholzverkleidet und mit dicken Hafersäcken ausgestattet. Das Paar blickte einander verliebt an und ließ sich nicht mehr aus den Augen

Die Königin führte Lilly und ihren Sohn in den großen Saal des Schlosses, wo ein prächtiges Empfangsmahl für sie aufgetischt wurde. Die Königin thronte am Kopf der Tafel, rechts von ihr saß Lilly, links ihr Sohn. Die Blicke der Königin glitten immer wieder zu Lilly und sie lächelte die Prinzessin liebevoll an. Lilly errötete. Vergeblich versuchte der Prinz, ihre Aufmerksamkeit auf sich zu lenken.

Nach diesem Festmahl wurde die Hochzeit des Prinzen mit Lilly auf unbestimmte Zeit verschoben. Die Mutter führte mit ihrem Sohn ein langes Gespräch. Danach fand die Vermählung des Prinzen mit der Frau seines Herzens, seiner langjährigen Geliebten, statt. Lilly wurde die kluge und zärtliche Vertraute der Königin.

Sie regierten das Reich mit Güte und Weisheit und sie hatten ihren Weg zum Glück gefunden.

Die sieben Raben

Ein Mann hatte sieben Söhne und immer noch kein Töchterchen, so sehr er es sich auch wünschte. Endlich gab ihm seine Frau wieder gute Hoffnung zu einem Kind und wie es zur Welt kam, war es auch ein Mädchen. Die Freude war groß, aber das Kind war schmächtig und klein und sollte wegen seiner Schwäche die Nottaufe erhalten. Der Vater schickte einen der Knaben eilends zur Quelle, Taufwasser zu holen. Die anderen sechs liefen mit.

Weil jeder der erste beim Schöpfen sein wollte, fiel ihnen der Krug in das Wasser und zerbrach. Da standen sie, wussten nicht, was sie tun sollten und keiner traute sich heim. Als sie immer noch nicht zurückkamen, ward der Vater ungeduldig und sprach: »Gewiss haben sie es wieder über ein Spiel vergessen, die gottlosen Jungen.« Es ward ihm angst, das Mädchen müsse ungetauft sterben. Im Ärger rief er: »Ich wollte, dass die Jungen alle zu Raben würden!«

Kaum waren die Worte ausgesprochen, so hörte er ein Geschwirr über seinem Haupte in der Luft, blickte in die Höhe und sah sieben kohlschwarze Raben auf und davon fliegen. Die Eltern konnten die Verwünschung nicht mehr zurücknehmen und riefen einen Priester. Der eilte mit Weihwasser aus der nahe gelegenen Kirche herbei und taufte das Mädchen auf den Namen Erika. So traurig die Eltern über den Verlust ihrer sieben Söhne waren, so trösteten sie sich doch durch ihr liebes Töchterchen, das bald zu Kräften kam und jeden Tag schöner wurde. Es wusste lange Zeit nicht einmal, dass es Geschwister hatte, denn die Eltern hüteten sich, sie zu erwähnen. Bis es eines Tages die Leute von sich sprechen hörte, das Mädchen wäre wohl schön, aber doch eigentlich Schuld an dem Unglück seiner sieben Brüder.

Da war es ganz betrübt, ging zu Vater und Mutter und fragte, ob es denn Brüder gehabt hätte und wohin sie geraten wären. Nun konnten die Eltern das Geheimnis nicht länger für sich behalten und erzählten ihrer Tochter, dass die Brüder, als Raben verwandelt, davongeflogen waren, sagten jedoch, es sei so des Himmels Verhängnis und seine Geburt nur der unschuldige Anlass gewesen

Allein das Mädchen machte sich täglich ein Gewissen daraus und glaubte, es müsse seine Geschwister erlösen. Es hatte nicht Ruhe noch Rast, bis es sich heimlich aufmachte und in die ferne Welt ging, um seine Brüder irgendwo aufzuspüren und zu befreien, es möchte kosten, was es wolle.

Erika nahm nichts mit als einen Ring von ihren Eltern zum Andenken, einen Laib Brot für den Hunger und einen Krug Wasser für den Durst. Nun ging sie immerzu, weit, weit, bis an das Ende der Welt. Da kam sie zur Sonne. Erika erzählte der Sonne ihre Geschichte und bat sie um Hilfe. Die Sonne sprach: »Mein Kind, ich drehe mich seit Jahrmillionen um mich selbst und auf einer vorgeschriebenen Bahn durch das Weltall. Ich gebe dir und der Erde mein Licht und meine Wärme. Ich nähre alles, was darauf lebt und lasse es wachsen. Doch ich habe keine Zauberkräfte und kann das Rätsel um deine Brüder nicht lösen.«

Da lief Erika weg, lief hin zum Mond und erzählte ihm ihre Geschichte. Der Mond sprach: »Ich erhelle die Nacht mit sanftem Licht und gebe den Meeren Ebbe und Flut. Ich kenne viele Geheimnisse und weiß um die dunklen Seiten des Lebens. Doch ich habe keine Zauberkräfte und kann das Rätsel um deine Brüder nicht lösen.«

Da machte Erika sich geschwind fort und kam zu den Sternen. Dem Morgenstern erzählte sie ihre Geschichte. Der Morgenstern dachte lange nach und sprach dann: »Geh durch Wiesen, Felder und Wälder immer weiter nach Osten, da findest du den Glasberg. Dort sind deine Brüder.« Erika bedankte sich bei dem Morgenstern und befolgte seinen Rat.

Sie lief und lief, bis sie an den Glasberg kam, Er hatte die Form eines prächtigen Schlosses. Erika wollte durch das Tor eintreten, aber es war verschlossen. Sie sah das Türschloss, doch es fehlte der Schlüssel. Ratlos schaute sie sich um. Da raschelte es im Rosenstrauch neben dem Tor, und eine Ratte huschte hervor. Sie stellte sich auf die Hinterpfoten, hielt in den Vorderpfoten einen Schlüssel und piepste: »Die Kunde von der Liebe zu deinen Brüdern und von deiner Tapferkeit ist über die ganze Erde bis zu mir vorgedrungen und hat mein Herz erreicht. Nimm diesen Schlüssel. Er öffnet dir das Tor zum Glasberg und auch die Welt der Musik wird sich dir erschließen.« Mit diesen Worten legte die Ratte den Schlüssel Erika zu Füßen und huschte wieder unter den Rosenstrauch. Erika n nahm den Schlüssel an sich, steckte ihn in das Schloss des Tores und das Tor sprang auf. Sie betrat die lichte Halle im Innern des Glasberges.

Da kam ihr die Schlossherrin, eine schöne Frau im silbernen Gewand, entgegen und fragte: »Mein Kind, was führt dich hierher?« - »Ich suche meine Brüder, die sieben Raben«, antwortete Erika. Die Schlossherrin entgegnete: »Die Herren Raben sind nicht zu Hause, sie sind ausgeflogen. Du kannst hier auf sie warten. Bitte setz dich.« Sie wies auf einen gläsernen Stuhl. Erika ließ sich erschöpft darauf nieder. Forschend betrachtete die Schlossherrin Erika und sprach: »Du musst endlos lange unterwegs gewesen sein. Du bist ja völlig verstaubt und übermüdet. Ich bereite dir erst einmal ein warmes Bad.«

Sie ließ durch ihre Diener einen großen Badezuber bringen, ließ heißes Wasser bereiten und hineingießen. Erika entkleidete sich und stieg in die Wanne. Sie streckte sich darin aus, wohltuende Wärme entspannte ihren Körper. Die Herrin griff zu einem Schwamm und massierte Erikas Körper. Ihre festen, kleinen Brüste erhoben sich aus dem Wasser. Ihre nassen Knospen glänzten dunkelrot und Tropfen perlten darüber. Als die Herrin ihre Schultern berührte, stieg in beiden Frauen Begehren auf. Sie waren verwundert und fassungslos.

Die Herrin besann sich, reichte Erika ein gewärmtes Handtuch, hüllte sie darin ein und brachte ihr neue Kleidung. Erika nahm sie dankbar entgegen und schlüpfte in Jacke und Hose. Die Schlossherrin führte sie in den Speisesaal, in dem ein reichhaltiges Mahl auf sie wartete. Sie nahmen am gedeckten Tisch Platz und genossen die wohlschmeckenden Speisen. Die Herrin suchte immer wieder die Augen Erikas. Die wandte sich jedoch scheu ab, wenn ihre Blicke sich trafen. Die Herrin lächelte.

Als das Mahl beendet war, deckten die Diener den Tisch mit sieben Tellern und sieben Bechern, gefüllt mit Speis und Trank für die Herren Raben, die bald erwartet wurden. Erika ließ in den letzten Becher den Ring ihrer Eltern fallen. Dann stellte sie sich hinter die Tür und wartete auf ihre Brüder. Ein Geschwirr und Rauschen erfüllte die Luft, die sieben Raben flogen herein, hüpften zu ihren Tellern und begannen zu essen und zu trinken. Wie der siebte auf den Grund des Bechers kam, rollte ihm der Ring entgegen. Da erkannte er ihn als den Ring seiner Eltern und rief aus: »Ach, ich wünschte, unsere Schwester wäre da! So wären wir erlöst!« Als Erika diese Worte hörte, trat sie hinter der Tür hervor und augenblicklich bekamen alle Raben ihre menschliche Gestalt zurück. Die Brüder und die Schwester herzten und küssten sich. Nach einiger Zeit sah sich Erika nach ihrer Gastgeberin um. Diese blickte verwundert auf die verwandelten Raben, die Brüder Erikas.

Als Stille eintrat, erhob die Herrin ihre Stimme: »Lasst uns alle zu euren Eltern gehen, zu eurem Zuhause. Gewährt mir die Bitte, euch zu begleiten. Ich will nicht alleine in meinem Palast zurückbleiben.«

Erika umarmte sie herzlich, sie und ihre Brüder nahmen sie in die Mitte und erfüllten ihre Bitte mit Begeisterung. Erika zog ihren alten Mantel an, griff in ihre Manteltasche und fand darin den Schlüssel. In ihren Händen verwandelte er sich in eine Flöte. Sie begann zaghaft darauf zu spielen, wurde immer beherzter und alle Melodien flogen ihr zu.

Die Herrin übergab ihren Dienern den Glaspalast und alle rüsteten sich für die Reise. Es war ein langer und beschwerlicher Weg vom Ende der Welt bis zur Heimat der Geschwister. Die Freude der verlassenen Eltern, alle ihre Kinder wohlbehalten wiederzusehen, war unermesslich. Die Herrin des Glaspalastes fand bei ihnen ein neues Zuhause und wurde Erikas treue Gefährtin. Erikas Flötenspiel wurde im ganzen Land berühmt. Ihre Melodien verzauberten die Menschen und stimmten sie glücklich. Und so ist es auch heute noch.

Rapunzel

Es war einmal ein Mann und eine Frau, die wünschten sich schon lange vergeblich ein Kind. Endlich machte sich die Frau Hoffnung, die Göttin Freya würde ihren Wunsch erfüllen. Das Paar hatte in seiner Wohnung, die im Hinterhaus lag, ein kleines Fenster, daraus konnten die Eheleute in einen prächtigen Garten sehen, in dem die schönsten Blumen und die erlesensten Kräuter wuchsen. Er war aber auch von einer hohen Mauer umgeben. Niemand wagte hineinzugehen, weil er einer Zauberin gehörte, die große Macht hatte und von aller Welt gefürchtet wurde.

Eines Tages stand die Frau an diesem Fenster und sah in den Garten hinab. Da erblickte sie ein Beet, das mit den schönsten Rapunzeln[1] bepflanzt war. Die sahen so frisch und grün aus, dass sie Lust bekam und das größte Verlangen empfand, von den Rapunzeln zu essen. Ihr Begehren nahm jeden Tag zu. Da sie annahm, dass sie nichts davon bekommen konnte, wurde sie schwach und sah blass und elend aus. Da erschrak der Mann und fragte: »Was fehlt dir, liebe Frau?« – »Ach«, antwortete sie, »wenn ich keine Rapunzeln aus dem Garten hinter unserem Haus essen kann, so will ich nicht mehr leben.« Der Mann, der sie liebte, dachte: ›Eh du deine Frau sterben lässt, holst du ihr von den Rapunzeln. Es mag kosten, was es will.‹ In der Abenddämmerung stieg er also über die Mauer in den Garten der Zauberin, stach in aller Eile eine Hand voll Rapunzeln und brachte sie seiner Frau. Die machte sich sogleich Salat daraus und aß ihn voller Begierde auf. Das hatte ihr so viel Kraft gegeben und so gut geschmeckt, dass sie den anderen Tag noch einmal so viel Lust bekam. Sollte sie Ruhe haben, so musste der Mann noch einmal in den Garten steigen. Er machte sich also in der Abenddämmerung wieder hinab.

Als er aber die Mauer herabgeklettert war, erschrak er gewaltig, denn er sah die Zauberin vor sich stehen. »Wie kannst du es wagen«, sprach sie mit zornigem Blick, »in meinen Garten zu steigen und wie ein Dieb mir meine Rapunzeln zu stehlen? Das soll dir schlecht bekommen.« – »Ach«, antwortete er, »lasst Gnade vor Recht ergehen, ich habe mich nur aus Not dazu entschlossen. Meine Frau hat Eure Rapunzeln aus dem Fenster erblickt und empfindet ein so großes Verlangen danach, dass sie sterben würde, wenn sie nicht davon zu essen bekäme.« Da ließ der Zorn der Zauberin nach und sie entgeg-

---

[1] Feldsalat

te ihm: »Verhält es sich so, wie du sagst, so will ich dir gestatten, Rapunzeln mitzunehmen so viel du willst. Allein, ich mache eine Bedingung: Du musst mir das Kind geben, das deine Frau zur Welt bringen wird. Es soll ihm gut gehen. Ich will für es sorgen wie eine Mutter.« Der Mann sagte in seiner Angst alles zu,

Als die Frau ihr Kind gebar, erschien sogleich die Zauberin, gab dem Kind den Namen Rapunzel und nahm es mit sich fort.

Rapunzel wurde das schönste Mädchen unter der Sonne. An seinem zwölften Geburtstag überlegte die Zauberin: ›Nicht lange, und das Kind wird erwachsen, ein Mann wird kommen, sich in Rapunzel verlieben und sie heiraten. Sie wird mich verlassen und mit ihm fortziehen. Es wird sie das Schicksal fast aller Frauen ereilen. Sie wird nach dem zehnten Kind im Kindbett sterben. Meine schöne und kluge Tochter. Das darf niemals geschehen.‹ Sie grübelte verzweifelt Tag und Nacht und in ihrer Not kam sie zu dem Entschluss, mitten im Wald einen Turm bauen zu lassen und Rapunzel darin einzusperren. So geschah es. Sie führte Rapunzel hinein, verschloss die Tür zur Treppe und warf den Schlüssel fort.

Das Mädchen wohnte ganz oben in einer Kammer, die nur ein kleines Fensterchen hatte. Wenn die Zauberin hineinwollte, so stellte sie sich unten hin und rief:

>»Rapunzel, Rapunzel,
>wirf mir dein Haar herunter.«

Rapunzel hatte lange, prächtige Haare, fein wie gesponnenes Gold. Wenn sie nun die Stimme der Zauberin vernahm, so band sie ihre Zöpfe los, wickelte sie oben um einen Fensterhaken und dann fielen die Haare zwanzig Ellen tief herunter. Die Alte stieg daran hinauf. Die Zauberin versorgte sie mit allem Lebensnotwendigen und unterrichtete sie in den Künsten und Wissenschaften.

Nach ein paar Jahren trug es sich zu, dass Rebecca, die Tochter des Königs, durch den Wald ritt und an dem Turm vorbeikam. Da hörte sie einen Gesang, der war so lieblich, dass ihr Herz höherschlug und sie ergriffen lauschte. Sie hörte Rapunzel, die in ihrer Einsamkeit ihre zauberhafte Stimme ertönen ließ. Die Königstochter wollte zu ihr hinaufsteigen, doch die Tür zum Turm war verschlossen und ein Schlüssel war nirgends zu finden. Sie ritt zurück in ihren elterlichen Palast, doch der Gesang hatte sie so sehr berührt, dass sie jeden Tag in den Wald zu dem Turm ritt, um der Stimme erneut zu lauschen. Als sie einmal hinter einem Baum stand, sah sie eine alte Frau herankommen, die zum Turmfenster hinaufrief:

»Rapunzel, Rapunzel,
wirf mir dein Haar herunter.«

Da ließ Rapunzel ihre Zöpfe herab und die alte Frau stieg zu ihr hinauf.

›Ist das die Leiter, auf welcher man hinaufkommt? So will ich auch einmal mein Glück versuchen‹, dachte Rebecca. Am folgenden Tag, als es dämmerte, ritt sie zum Turm und rief hinauf wie die Zauberin:

»Rapunzel, Rapunzel,
wirf mir dein Haar herunter.«

Alsbald fielen die Haare herab und die Königstochter stieg hinauf. Oben erschrak Rapunzel gewaltig, als eine fremde Frau zu ihr in die Kammer hineinstieg. So eine sportliche und edle Erscheinung hatte sie noch nie gesehen.

Doch die Königstochter sprach sie ganz freundlich an und sagte, ihr Gesang habe sie so sehr bewegt, dass sie nicht zur Ruhe gekommen sei und sie unbedingt die Sängerin kennenlernen wollte. Rapunzel verlor ihre Scheu, unterhielt sich lange mit der Prinzessin, berichtete ihr von ihrem Schicksal und bat sie, bald wiederzukommen. So besuchte Rebecca sie jeden Abend und sie wurden so innig vertraut miteinander, dass die Prinzessin Rapunzel anflehte, mit ihr zu ihrem Schloss zu reiten und ihr Leben mit ihr zu teilen. Rapunzel willigte ein.

Inzwischen war die Zauberin misstrauisch geworden. In letzter Zeit roch die Kammer ihrer Tochter so anders. Es war, als wittere die Alte einen fremden Geruch. Sie beschloss, am nächsten Tag den Turm nicht aus den Augen zu lassen, sich hinter einem Baum zu verstecken und zu warten.

Am Abend kam Rebecca zur gewohnten Zeit, sagte ihren Spruch auf und Rapunzel ließ ihr Haar herunter. Die Prinzessin kletterte flink daran hoch, packte ihre Schere aus, schnitt Rapunzels Haar ab und befestigte den Zopf an dem Fensterhaken. Dann ließen sich die beiden an Rapunzels Haaren herunter. Sie wollten gerade zu Rebeccas Pferd laufen, da versperrte ihnen die aufgebrachte Zauberin den Weg und funkelte sie mit bösen und giftigen Blicken an, wandte sich an Rebecca und schrie: »Ihr gebt mir sofort meine Tochter zurück und verschwindet hier, sonst wird es Euch übel ergehen.« Die Prinzessin legte den Arm um Rapunzels Schultern und entgegnete: »Wir lieben uns und wollen zusammenleben. Wir gehen von hier fort. Ich versichere Euch, Rapunzel wird es gut bei mir haben und nicht im Kindbett sterben. Deshalb bitte ich Euch: Gebt Eure Tochter frei!« Die Zauberin stand da wie vom Donner gerührt. Ihr dämmerte, dass gegen die Liebe kein Kraut gewachsen ist und dass sie mit einem noch so hohen Turm und noch so dicken Mauern dagegen machtlos war. Sie gab den beiden ihren Segen, ließ sie ihrer Wege ziehen und verschwand im Wald.

Rebecca und Rapunzel ritten davon und lebten noch lange glücklich und vergnügt zusammen.

Hänsel und Gretel

Vor einem großen Walde wohnte ein armer Holzhacker mit seiner Frau und seinen zwei Kindern. Das Bübchen hieß Hänsel und das Mädchen Gretel. Der Vater und seine Familie hatten wenig zu beißen und zu brechen und als eine große Teuerung ins Land kam, weil der König wieder einmal einen Krieg plante und Geld für Waffen und Soldaten eintrieb, konnte der Holzhacker das tägliche Brot für sich und seine Lieben nicht mehr schaffen.

Wie er sich nun abends im Bett Gedanken machte und sich vor Sorgen herumwälzte und vor Hunger nicht schlafen konnte, seufzte er und sprach zu seiner Frau, die still vor sich hin weinte: »Wie können wir unsere armen Kinder ernähren, da wir für uns selbst nichts mehr haben?«

»Das frage ich mich auch«, schluchzte die Frau, »wenn wir das bisschen Brot, das wir haben, unsern Kindern geben, verhungern wir und sie stehen alleine da und können so auch nicht weiterleben. Und wenn wir das wenige, was wir haben, essen, müssen wir zusehen, wie unsere Kinder verhungern, das bricht mir das Herz.«

Der Mann sprach: »Ich weiß nicht weiter, außer wir führen die Kinder morgen in aller Frühe hinaus in den Wald, wo er am dichtesten ist, da machen wir ihnen ein Feuer an und geben jedem zum Abschied ein Stückchen Brot, dann gehen wir an unsere Arbeit und lassen sie allein. Sie finden den Weg nicht wieder nach Hause, aber vielleicht sammeln sie im Wald Beeren, Wurzeln oder Maden, die sie essen und so überleben können. Die armen Kinder dauern mich, doch ich sehe keinen anderen Weg aus unserer bittern Not.«

Die Geschwister hatten vor Hunger auch nicht einschlafen können und hatten gehört, was die Eltern sprachen. Gretel weinte bittere Tränen und sprach zu Hänsel: »Nun ist's um uns geschehen.« - »Still, Gretel«, sprach Hänsel, »gräme dich nicht, ich will uns schon helfen.«

Und als die Eltern eingeschlafen waren, stand er auf, zog sein Röcklein an, machte die Hintertüre auf und schlich sich hinaus. Da schien der Mond ganz helle und die weißen Kieselsteine, die vor dem Haus lagen, glänzten wie lauter Batzen. Hänsel bückte sich und steckte so viele in sein Rocktäschlein als nur hinein wollten. Dann ging er wieder zurück und sprach zu Gretel: »Sei getrost, liebes Schwesterchen, und schlaf nur endlich ein. Gott wird uns nicht verlassen.« Er legte sich wieder in sein Bett und mit einem Gebet schloss er die Augen.

Als der Tag anbrach, noch ehe die Sonne aufgegangen war, kam schon die Mutter und weckte die Geschwister. »Steht auf, ihr Kinder, wir wollen in den Wald gehen und Holz holen.« Dann gab sie jedem ein Stückchen Brot und sprach: »Da habt ihr etwas für den Mittag, aber esst's nicht vorher auf, mehr kann ich euch leider nicht geben.« Gretel nahm das Brot unter die Schürze, weil Hänsel die Steine in der Tasche hatte. Danach machten sie sich alle zusammen auf den Weg nach dem Wald.

Als sie ein Weilchen gegangen waren, stand Hänsel still und guckte nach dem Haus zurück und tat das wieder und immer wieder. Der Vater sprach: »Was guckst du da und bleibst zurück? Hab acht und vergiss deine Beine nicht.«

»Ach, Vater«, sagte Hänsel, »ich sehe nach meinem weißen Kätzchen, das sitzt oben auf dem Dach und will mir Ade sagen.«

Die Mutter sprach: »Hänsel, das ist dein Kätzchen nicht, das ist die Morgensonne, die auf den Schornstein scheint.«

Das Bübchen aber hatte nicht nach dem Kätzchen gesehen, sondern immer einen von den blanken Kieselsteinen aus seiner Tasche auf den Weg geworfen. Als sie mitten in den Wald gekommen waren, sprach der Vater: »Nun sammelt Holz, ihr Kinder, ich will ein Feuer anmachen, damit ihr nicht friert.«

Hänsel und Gretel trugen Reisig zusammen, einen kleinen Berg hoch. Das Reisig ward angezündet und als die Flamme recht kräftig brannte, verkündete die Mutter: »Nun legt euch ans Feuer, ihr Kinder, und ruht euch aus. Wir gehen in den Wald und hauen Holz. Wenn wir fertig sind, kommen wir wieder und holen euch ab.« Schweren Herzens hasteten die Eltern in den Wald, ohne sich noch einmal umzusehen.

Hänsel und Gretel saßen am Feuer und als der Mittag kam, aß jedes sein Stücklein Brot. Und weil sie die Schläge der Holzaxt hörten, so glaubten sie, ihr Vater wäre in der Nähe. Es war aber nicht die Holzaxt, es war ein Ast, der abgebrochen an einem dürren Baum hing, und den der Wind hin und her schlug. Und als sie lange so gesessen hatten, fielen ihnen die Augen vor Müdigkeit zu und sie schliefen fest ein.

Sie erwachten und es war schon finstere Nacht. Gretel fing an zu weinen und schluchzte: »Wie sollen wir nur aus dem Wald kommen?« Hänsel aber tröstete sie: »Wart nur ein Weilchen bis der Mond aufgegangen ist, dann wollen wir den Weg schon finden.« Und als der volle Mond aufgestiegen war, so nahm Hänsel sein Schwesterchen an der Hand und ging den Kieselsteinen nach. Die schimmerten wie neugeschlagene Batzen und zeigten ihnen den Weg. Sie gingen die ganze Nacht hindurch und kamen bei anbrechendem Tag wieder zum Haus ihrer Eltern. Sie klopften an die Türe und die Mutter öffnete. Glücklich schloss sie ihre Kinder in die Arme und der Vater eilte herbei und freute sich sehr, denn es war ihm zu Herzen gegangen, dass er sie so allein zurückgelassen hatte.

Nicht lange danach wurde die Not wieder bitter und drückend und ihre Verzweiflung wuchs von Neuem von Tag zu Tag. Die Kinder hörten, wie die Mutter nachts im Bette zu dem Vater sprach: »Wir haben noch einen halben Laib Brot, das reicht nicht einmal, um unseren Hunger zu stillen. Wir müssen die Kinder noch einmal in den Wald bringen.« Die Kinder waren aber noch wach gewesen und hatten das Gespräch mit angehört. Als die Eltern schliefen, stand Hänsel wieder auf, wollte hinaus und Kieselsteine auflesen, wie das vorige Mal, doch die Tür war verschlossen und Hänsel konnte nicht hinaus. Aber er tröstete sein Schwesterchen und sprach: »Weine nicht, Gretel, und schlaf nur ruhig, der liebe Gott wird uns schon helfen.« Am frühen Morgen kam die Mutter und holte die Kinder aus dem Bette. Sie erhielten ihr Stückchen Brot, das war aber noch kleiner als das vorige Mal. Auf dem Weg nach dem Wald zerbröckelte es Hänsel in der Tasche, er stand oft still und warf ein Bröcklein auf die Erde.

Und wieder sprach der Vater: »Was stehst du da und guckst dich um, geh deiner Wege!«

»Ich sehe nach meinem Täubchen, das sitzt auf dem Dache und will mir Ade sagen«, antwortete Hänsel.

»Kind«, sagte die Mutter, »das ist dein Täubchen nicht, das ist die Morgensonne, die auf den Schornstein scheint.«

Hänsel aber warf nach und nach alle Bröcklein auf den Weg. Die Mutter führte die Kinder noch tiefer in den Wald, wo sie ihr Lebtag noch nicht gewesen waren. Da ward wieder ein großes Feuer angemacht und die Mutter sagte: »Bleibt nur da sitzen, ihr Kinder, und wenn ihr müde seid, könnt ihr ein wenig schlafen. Wir gehen in den Wald und hauen Holz, und abends, wenn wir fertig sind, kommen wir und holen euch ab.«

Als es Mittag war, teilte Gretel ihr Brot mit Hänsel, der sein Stück auf den Weg gestreut hatte. Dann schliefen sie ein und der Abend verging, aber niemand kam zu den armen Kindern. Sie erwachten erst in der finsteren Nacht und Hänsel tröstete sein Schwesterchen und sagte: »Warte nur, Gretel, bis der Mond aufgeht, dann werden wir die Bröcklein sehen, die ich ausgestreut habe. Die zeigen uns den Weg nach Haus.«

Als der Mond kam, machten sie sich auf, aber sie fanden kein Bröcklein mehr, denn die vielen tausend Vögel, die im Wald und im Felde herumfliegen, hatten sie weggepickt. Hänsel sagte zu Gretel: »Wir werden den Weg schon finden.« Aber sie fanden ihn nicht. Sie gingen die ganze Nacht und noch einen Tag von morgens bis abends, aber sie kamen aus dem Wald nicht heraus. Sie waren so hungrig, denn sie hatten nichts als die paar Beeren, die auf der Erde wuchsen. Weil sie müde waren, dass die Beine sie nicht mehr tragen wollten, legten sie sich unter einen Baum und schliefen ein.

Nun war schon der dritte Morgen, dass sie ihr Elternhaus verlassen hatten. Sie fingen wieder an zu gehen, aber sie gerieten immer tiefer in den Wald, und wenn nicht bald Hilfe kam, so mussten sie verschmachten. Als es Mittag war, sahen sie ein schönes schneeweißes Vöglein auf einem Ast sitzen, das sang so schön, dass sie stehen blieben und ihm zuhörten. Und als das Vöglein fertig war, schwang es seine Flügel und flog vor ihnen her. Sie gingen ihm nach, bis sie zu einem kleinen Häuschen gelangten. Das Vöglein setzte sich auf das Dach und als sie ganz nah herankamen, so sahen sie, dass das Häuschen aus Brot gebaut und mit Kuchen gedeckt war, aber die Fenster waren von hellem Zucker. »Da wollen wir uns dranmachen«, sprach Hänsel, »und eine gesegnete Mahlzeit halten. Ich will ein Stück vom Dach essen, Gretel, du kannst vom Fenster essen, das schmeckt süß.« Hänsel reichte in die Höhe und brach sich ein wenig vom Dach ab, um zu versuchen, wie es schmeckt. Und Gretel stellte sich an die Scheiben und knusperte daran. Da rief eine feine Stimme aus der Stube heraus:

>»Knusper, knusper, knäuschen,
wer knuspert an meinem Häuschen?«

Die Kinder antworteten:

«Der Wind, der Wind, das himmlische Kind«

und aßen weiter, ohne sich irremachen zu lassen. Hänsel, dem das Dach sehr gut schmeckte, riss sich ein großes Stück davon herunter, und Gretel stieß eine ganze runde Fensterscheibe heraus, setzte sich nieder und tat sich wohl daran. Da ging auf einmal die Türe auf und eine steinalte Frau, die sich auf eine Krücke stützte, trat aus der Türe. Hänsel und Gretel erschraken so gewaltig, dass sie fallen ließen, was sie in den Händen hielten. Die alte Frau aber sah sie erstaunt an und sprach: »Kinder, wer hat euch hierher gebracht? Kommt nur herein, es geschieht euch kein Leid.« Sie fasste beide an der Hand und führte sie in ihr Häuschen. Hänsel und Gretel erzählten der alten Frau von der bitteren Not, die sie erlitten hatten, und wie sie in den Wald gebracht wurden und voller Angst und Hunger darin herumgeirrt waren bis sie dieses Häuschen fanden. Da ward gutes Essen aufgetragen, Milch und Pfannkuchen mit Zucker, Äpfeln und Nüssen. Danach wurden zwei schöne Bettlein weiß gedeckt und Hänsel und Gretel legten sich hinein und meinten, sie wären im Paradies.

Als sie am andern Morgen erwachten, stand die Sonne schon hoch am Himmel. Sie wussten erst nicht, wo sie waren, dann rieben sie sich die Augen und erinnerten sich, was gestern vorgefallen war. Sie standen auf, wuschen sich und zogen ihre dünnen und zerschlissenen Kleider an. Die alte Frau hatte schon den Frühstückstisch gedeckt, die Kinder wünschten ihr einen guten Morgen, sprachen ihr Tischgebet und ließen sich die Speisen schmecken. Die alte Frau saß bei ihnen am Tisch und lächelte sie zufrieden an.

Nachdem Hänsel und Gretel satt waren, wurden sie neugierig und fragten die Greisin, wie sie denn hier in dieses Häuschen tief im Wald gelangt sei. Sie wollte erst nicht mit der Sprache heraus, aber die Kinder ließen nicht locker und so erzählte sie ihnen ihr Schicksal:

»Ich war eine weise Frau, die Heilkräuter sammelte, und verstand, daraus heilende Getränke und Salben herzustellen. Wenn die Menschen Schmerzen und Wunden hatten, kamen sie zu mir und ich konnte sie heilen. Auch war ich Hebamme und half den Frauen in ihren schweren Stunden, Kinder zu gebären, und diese erblickten mit meinem Geschick das Licht dieser Welt. Ich war eine von vielen Menschen geachtete und freie Frau. Doch es gab Menschen, die von Größenwahn besessen waren. Sie schrieben Frauen vor, wie sie zu leben hatten, und mein Leben war ihnen ein Dorn im Auge. Ich war frei und keinem Manne untertan. Sie beschuldigten mich, ich sei mit dem Teufel im Bunde und eine Hexe. Und über meine Arbeit, Kindern auf die Welt zu helfen, verbreiteten sie die Lüge, ich würde diese braten und fressen.« Die Augen der alten Frau weiteten sich vor Entsetzen. »Diese Menschen sind so wahnsinnig, dass sie glauben, sie seien von einem Gott dazu ausersehen, Frauen zu jagen, zu foltern und zu töten. Und wer in ihre Fänge geriet, war rettungslos verloren. Glaubt mir, Kinder, keine weise Frau hat jemals getan, was da von ihr erzählt wurde. Eine Nachbarin, der ich bei vielen Geburten geholfen hatte, warnte mich rechtzeitig. Ich packte sofort alle meine Schätze, meinen Schmuck und einen Laib Brot und flüchtete in den Wald und lief, wie ihr, Tag und Nacht und kam an dieses Häuschen. Es stand leer und so zog ich darin ein. Ich kam mit dem Leben davon und lebe seitdem einsam und weit entfernt von den Menschen.«

Hänsel und Gretel hatten den Worten der alten weisen Frau aufmerksam gelauscht und sahen ihr in die großen gütigen Augen, die sich mit Tränen füllten. Die Kinder saßen aufrecht auf ihren Stühlen und wurden von Mitgefühl für die Greisin ergriffen und von tiefer Abscheu gegen ihre Verfolger.

Die alte Frau sprach zu ihnen: »Ihr könnt hier nicht bleiben. Ihr seid zu klein, um hier im Wald zu leben. Ich gebe euch meine Schätze und meinen Schmuck, ich kann nichts mehr damit anfangen. Geht zurück zu euren Eltern. Der Weg ist weit, ich versorge euch noch mit Speise und Trank.« Weiter sprach sie: »Ich bitte euch inständig, erzählt niemandem von mir, sonst verfolgen und töten sie euch und mich. Und sie werden mich auch hier finden.«

Die Kinder versprachen ihr alles, dankten ihr, umarmten sie und verabschiedeten sich von der weisen alten Frau. Die Kinder machten sich auf den Heimweg. Als sie aber ein paar Stunden gegangen waren, gelangten sie an ein großes Wasser.

»Wir können nicht hinüber«, sprach Hänsel. »Ich sehe keinen Steg und keine Brücke.«

»Hier fährt auch kein Schiff«, antwortete Gretel, »aber da schwimmt ein weißer Schwan. Wenn ich ihn bitte, so hilft er uns hinüber.«

Da rief sie:

> »Lieber Schwan,
> hier stehen Gretel und Hänsel,
> es gibt keinen Steg und keine Brücke,
> bitte, nimm uns auf deinen weißen Rücken.«

Der Schwan kam heran und Hänsel setzte sich auf und bat sein Schwesterchen, sich zu ihm zu setzen. »Nein«, entgegnete Gretel, »wir werden dem Schwan zu schwer. Er soll uns nacheinander hinüberbringen.« Das tat das gute Tier und als sie glücklich drüben waren, und ein Weilchen fortgingen, da kam ihnen der Wald immer bekannter vor und endlich erblickten sie von Weitem ihrer Eltern Haus. Da fingen sie an zu laufen, stürzten in die Stube hinein und fielen Vater und Mutter um den Hals.

Die Eltern waren voller Freude über das Wiedersehen, denn sie hatten keine frohe Stunde gehabt, seitdem sie die Kinder im Walde allein gelassen hatten. Gretel schüttelte sein Täschlein aus, dass die Perlen und Edelsteine in der Stube herumsprangen und Hänsel warf eine Handvoll Gold nach der anderen aus seiner Tasche dazu. Da hatten alle Sorgen ein Ende und sie lebten in lauter Freude zusammen.

Weil Hänsel und Gretel ein Leben lang schwiegen, hat bisher niemand erfahren, wer die alte Frau in dem Knusperhäuschen wirklich war.

Der Wettlauf

Diese Geschichte klingt unwahrscheinlich, Mädels, aber wahr ist sie doch, denn meine Großmutter, von der ich sie habe, pflegte immer, wenn sie diese Begebenheit vortrug, zu sagen: »Wahr muss sie doch sein, meine Töchter.« Die Geschichte hat sich so zugetragen:

Das Igel-Ehepaar Inge und Irmgard lebte glücklich und zufrieden bis zu dem Zeitpunkt, als Inge von einem Hasen schwer beleidigt wurde.

Es war an einem Sonntagmorgen, just als der Buchweizen blühte. Die Sonne war am Himmel strahlend aufgegangen, der Morgenwind strich warm über die Kornfelder, die Lerchen sangen in der Luft, die Bienen summten in den blühenden Wiesen und die frommen Leute gingen in ihrem Sonntagsstaat in die nahegelegene Kirche. Jede Kreatur war vergnügt und unsere Igelin auch. Inge stand angelehnt vor ihrer Haustür, hatte die Arme übereinandergeschlagen und schaute dabei in die im Morgenwind wogenden Gräser. Sie trällerte ein kleines Liedchen vor sich hin, so gut und so schlecht wie eben eine Igelin am Sonntagmorgen zu singen pflegt. Indem sie nun noch so halbleise vor sich hin sang, fiel ihr auf einmal ein, sie könnte doch, während ihre Frau aufstand und das Frühstück zubereitete, ein bisschen im Feld spazieren gehen, um zu sehen, wie ihre Steckrüben stünden. Die Steckrüben, die nahe bei ihrem Haus wuchsen, waren die höchsten und sie pflegte mit ihrer Frau davon zu essen; darum sah sie diese als die ihrigen an. Gesagt, getan, Inge machte die Haustür hinter sich zu und schlug den Weg zum nahen Feld ein. Sie war noch nicht weit vom Haus entfernt und wollte just um den Schlehenbusch, der vor dem Acker lag, zu den Steckrüben hinüber schlendern, als ihr der Hase Balduin begegnete, der in ähnlichen Angelegenheiten unterwegs war, nämlich um seinen Kohl zu begutachten.

Als Inge den Hasen sah, bot sie ihm einen freundlichen guten Morgen. Der Hase aber, der auf seine Weise ein vornehmer Herr war und grausam hochmütig dazu, antwortete nichts auf Inges Gruß.

Er sagte zu ihr, wobei er eine gewaltige, höhnische Miene aufsetze: »Wie kommt es denn, dass du heute Morgen so früh im Felde herumläufst?«

»Ich gehe spazieren«, entgegnete Inge.

»Spazieren«, lachte der Hase, »ich denke, du kannst deine kurzen, krummen Beine wohl zu besseren Dingen gebrauchen.«

Diese Antwort verärgerte Inge ungeheuer, denn alles konnte sie vertragen, aber auf ihre Beine ließ sie nichts kommen, gerade weil sie wusste, dass diese nicht die schönsten waren. »Du bildest dir wohl ein«, sagte darauf die Igelin zum Hasen, »dass du mit deinen Beinen mehr ausrichten kannst.«

»Das denke ich«, entgegnete der Hase.

»Das kommt auf einen Versuch an«, meinte Inge, »ich bin überzeugt, wenn wir um die Wette laufen, ich laufe an dir vorbei.«

»Das ist zum Lachen, du mit deinen schiefen Beinen«, spottete der Hase. »Aber meinetwegen starten wir, wenn du dazu so übergroße Lust hast. Was gilt die Wette?«

»Ein Goldstück«, verkündete Inge.

»Angenommen!«, sprach Balduin, »Schlag ein, dann kann es gleich losgehen.«

»Nein, so große Eile hat das nicht«, meinte Inge. »Ich bin noch ganz nüchtern, erst will ich nach Hause gehen und frühstücken. In einer halben Stunde bin ich wieder hier auf dem Platz.«

Damit ging die Igelin, denn der Hase war einverstanden. Unterwegs dachte Inge bei sich: ›Der Hase verlässt sich auf seine langen Beine, aber ich will ihn wohl kriegen. Er ist zwar ein vornehmer Herr, aber doch ein dummer Kerl, und bezahlen soll er auf jeden Fall‹.

Als nun die Igelin zu Hause ankam, sprach sie zu ihrer Frau: »Irmgard, zieh dich schnell genauso an wie ich. Du musst mit mir zum nahen Feld hinunterlaufen.«

»Was gibt es denn?«, wollte Irmgard wissen.

»Ich habe mit einem Hasen um ein Goldstück gewettet und will gewinnen. Ich will mit ihm um die Wette laufen und du sollst mit dabei sein.«

Irmgard war entsetzt und fassungslos. Sie schrie Inge an: »Bist du größenwahnsinnig geworden? Hast du den Verstand verloren? Warum willst du mit einem Hasen um die Wette laufen und dich an einem schönen Sommersonntag zugrunde richten?«

»Beruhige dich«, entgegnete Inge, »meine Mutter hat immer gesagt: ›Was du nicht in den Beinen hast, musst du im Kopf haben‹. Vertraue mir, zieh dich um und komm bitte mit.«

Irmgard wollte Inge in dieser aussichtslosen Lage nicht alleine lassen und begleitete sie letztendlich.

Als sie nun miteinander unterwegs waren, sprach Inge zu ihrer Frau: »Nun pass gut auf, was ich zu sagen habe! Siehst du dort den langen Acker? Da wollen wir unseren Wettlauf machen. Der Hase läuft in der einen Furche und ich in der anderen. Von oben fangen wir an zu laufen und du hast nichts anderes zu tun, als unten auf der gegenüberliegenden Seite in meiner Furche zu stehen. Wenn der Hase auf seiner Spur ankommt, rufst du ihm entgegen ›Ich bin schon hier!‹.«

Unterdessen waren sie bei dem Acker angelangt. Inge zeigte Irmgard den Platz, auf dem sie stehen sollte und ging nun am Feld entlang. Als die Igelin am anderen Ende des Ackers ankam, war der Hase schon da. Er hatte sich inzwischen umgezogen und trug nun einen gut sitzenden Sportleranzug.

Er sah Inge strahlend an. »Kann es losgehen?«, fragte der Hase herausfordernd.

»Ja, sofort!«, entgegnete Inge.

Damit stellten die Igelin und der Hase sich jeweils in ihre Furche, die eine Spur genau neben der anderen. Der Hase zählte »Eins-zwei-drei« und raste wie der Sturmwind los, den Acker hinab.

Inge aber lief ungefähr drei Schritte mit, dann duckte sie sich herab in die Furche und blieb ruhig sitzen. Als nun der Hase in vollem Lauf unten am Acker ankam, rief Irmgard ihm entgegen: »Ich bin schon da!«

Der Hase stutzte und wunderte sich, denn er meinte, es sei Inge, die ihm das zurief. Die Igelinnen glichen sich nämlich wie ein Ei dem anderen. Der Hase aber meinte, das ginge nicht mit rechten Dingen zu. Er wollte den Lauf wiederholen, drehte sich um und raste zurück wie der Sturmwind, dass ihm die Ohren um den Kopf flogen. Irmgard aber blieb ruhig auf ihrem Platz sitzen. Als der Hase oben am Acker ankam, rief Inge ihm entgegen: »Ich bin schon hier!« Der Hase war außer sich vor Wut. »Ich wiederhole den Lauf«, schrie er und drehte sich wieder um.

»Sooft du Lust hast«, entgegnete Inge.

So lief der Hase noch dreiundsiebzig Mal. Jedes Mal, wenn er auf dem Acker oben oder unten ankam, rief einmal Inge und das andere Mal Irmgard: »Ich bin schon da!«

Beim vierundsiebzigsten Mal aber schaffte es der Hase nicht mehr bis zum anderen Ende. Mitten auf dem Acker stürzte er auf die Erde. Er blieb schwer atmend auf dem Boden liegen und rief nach seiner Frau. »Erdmute, hilf mir!« Da kam seine Gattin angerannt und schleppte ihn vom Platz.

Inge und Irmgard liefen nun aufeinander zu, umarmten sich und gingen Hand in Hand nach Hause.

So begab es sich, dass in der Buxtehuder Heide zwei Igelinnen dem Hasen den Hochmut austrieben. Seit dieser Zeit hat sich kein Hase mehr einfallen lassen, mit einer Buxtehuder Igelin um die Wette zu laufen.

Die Eule

Vor ein paar hundert Jahren, als die Leute noch lange nicht so klug und verschmitzt waren, wie sie heutzutage sind, hat sich in einer kleinen Stadt eine seltsame Geschichte zugetragen. Von ungefähr war eine von den großen Eulen, die man »Schuhu« nennt, aus dem benachbarten Walde bei ihrem nächtlichen Rundflug in die Scheuer eines Bürgers geraten und wagte sich, als der Tag anbrach, aus Furcht vor den anderen Vögeln, die, wenn sie sich blicken ließ, ein furchtbares Geschrei erhoben, nicht wieder aus ihrem Schlupfwinkel heraus.

Als nun der Hausknecht morgens in die Scheuer kam, um Stroh zu holen, erschrak er bei dem Anblick der Eule, die da in einer Ecke saß, so gewaltig, dass er fortlief und seinem Herrn ankündigte, ein Ungeheuer, wie er Zeit seines Lebens keins erblickt hätte, säße in der Scheuer, drehe die Augen im Kopf herum und könne einen ohne Umstände verschlingen. »Ich kenne dich schon«, sagte der Herr, »einer Amsel im Felde nachzujagen, dazu hast du Mut genug, aber wenn du ein totes Huhn siehst, so holst du dir erst einen Stock, ehe du ihm nahekommst.« Und entschlossen setzte er hinzu: »Ich muss nur selbst einmal nachsehen, was das für ein Ungeheuer ist.« Tapfer ging er zur Scheuer hinein und blickte umher. Als er aber das seltsame und gräuliche Ungetüm mit eigenen Augen sah, so geriet er in nicht geringere Angst als sein Knecht. Mit ein paar Sätzen sprang er hinaus, lief zu seinen Nachbarn und bat sie flehentlich, ihm gegen ein unbekanntes und gefährliches Ungeheuer Beistand zu leisten; ohnehin könnte die ganze Stadt in Gefahr kommen, wenn es aus der Scheuer, wo es säße, herausbräche.

Es entstand großer Lärm und Geschrei in allen Straßen: Die Bürger kamen mit Spießen, Heugabeln, Sensen und Äxten bewaffnet herbei, als wollten sie gegen den Feind ausziehen. Zuletzt erschienen auch die Herren des Rats mit dem Bürgermeister an der Spitze. Als die Bürger sich auf dem Marktplatz geordnet hatten, zogen sie zu der Scheuer und umringten sie von allen Seiten. Hierauf trat einer der Beherztesten hervor und ging mit erhobenem Spieß hinein, kam aber gleich darauf mit einem Schrei und totenbleich wieder herausgelaufen und konnte kein Wort hervorbringen. Noch zwei andere wagten sich hinein, es erging ihnen aber nicht besser. Endlich trat einer hervor, ein großer, starker Mann, der wegen seiner Kriegstaten berühmt war. Er sprach: »Mit bloßem Ansehen werdet ihr das Ungetüm nicht vertreiben. Hier muss Ernst gebraucht werden. Aber ich sehe, dass ihr alle zu Weibern geworden seid und keiner den Fuchs beißen will.« Er ließ sich Harnisch, Schwert und Spieß bringen und rüstete sich. Alle rühmten seinen Mut, obgleich viele um sein Leben besorgt waren. Die beiden Scheuertore wurden aufgetan und man erblickte die Eule, die sich indessen in die Mitte auf einen großen Querbalken gesetzt hatte. Der Held ließ sich eine Leiter herbeibringen und als er sie anlegte und sich bereitete hinaufzusteigen, so riefen ihm alle zu, er solle sich männlich halten, und empfahlen ihn dem heiligen Georg, der den Drachen getötet hatte.

Als er bald oben war und die Eule sah, dass er an sie wollte, und auch von der Menge und dem Geschrei des Volkes verwirrt war und nicht wusste wo hinaus, so verdrehte sie die Augen, sträubte ihr Gefieder, sperrte die Flügel auf, schnappte mit dem Schnabel und ließ ihr »Schuhu, Schuhu« mit rauer Stimme ertönen. »Stoß zu, stoß zu!«, rief die Menge draußen dem tapferen Helden zu. »Wer hier stände, wo ich stehe«, antwortete er, »der würde nicht ›Stoß zu!‹ rufen.« Er setzte zwar den Fuß noch eine Staffel höher, dann aber fing er an zu zittern, taumelte die Leiter herunter, rannte so schnell er konnte aus der Scheuer und ließ seine Waffen fallen. Die Eule flog hinter ihm durch die geöffneten Tore hinaus. Sie flog lautlos und in der Aufregung hat niemand ihre Flucht bemerkt. Während der tapfere Held rannte, wurde ihm schlagartig bewusst, dass er vergessen hatte, die Scheuertore zu schließen. Er fasste sich noch einmal ein Herz, drehte um und schloss in Windeseile die Tore, ohne noch einmal in die Scheuer hineinzusehen. Dann eilte er zum Marktplatz, um in der Menge Schutz zu suchen. Die Eule war inzwischen in ihrem Wald angekommen und ließ sich auf dem Ast einer Eiche nieder. Der Schreck saß ihr noch in allen Gliedern. Diese riesigen Tiere, die auf der Erde hin und her hetzten, hatten noch nicht einmal Flügel, um zu fliegen. Obendrein wurden sie bei ihrem Anblick, dem Anblick einer Eule, die sich auf einem Balken ausruhte, zu schreienden, fauchenden und um sich schlagenden Monstern, die sie töten wollten. In der Stille des Waldes und der Sicherheit ihrer Heimat fand sie allmählich ihre Fassung wieder.

Inzwischen war der Held bei der Menge auf dem Marktplatz angekommen. Nun war keiner mehr übrig, der sich in die Gefahr hätte begeben wollen. »Das Ungeheuer«, sagten sie, »hat den stärksten Mann, der unter uns zu finden war, durch sein Schnappen und seinen Atem allein vergiftet und tödlich verwundet. Sollten wir anderen auch unser Leben einsetzen?« Sie ratschlagten, was zu tun wäre, wenn die ganze Stadt nicht sollte zugrunde gehen. Sie waren fest davon überzeugt, dass das Ungeheuer noch in der Scheuer saß. Die Lage der Stadt schien aussichtslos, bis endlich der Bürgermeister einen Ausweg fand. »Meine Meinung geht dahin«, sprach er, »dass wir aus dem gemeinsamen Säckel diese Scheuer samt allem, was darin liegt, Getreide, Stroh und Heu dem Eigentümer bezahlen und ihn schadlos halten, dann aber das ganze Gebäude, und mit ihm das fürchterliche Ungetüm, abbrennen. So braucht doch niemand sein Leben daran zu setzen. Hier ist keine Gelegenheit zu sparen und Knauserei wäre übel angewendet.« Alle stimmten ihm zu. Also ward die Scheuer an vier Ecken angezündet. Die Eule sah von Weitem die Scheuer brennen und dachte: ›Jetzt spucken diese Monster auch noch Feuer. Man muss sie wirklich fürchten.‹

Bis zum heutigen Tag klingt ihr »Schuhu, Schuhu« durch den Wald, wenn Menschen sich ihr nähern.

Aschenpedro

Einem reichen Manne wurde seine Frau krank und als sie fühlte, dass ihr Ende herankam, rief sie ihren einzigen Sohn, Pedro, zu sich ans Bett und sprach: »Lieber Sohn, bleib fromm und gut, so wird dir die göttliche Kraft immer beistehen und ich will vom Himmel auf dich herabblicken und will um dich sein.« Darauf tat sie die Augen zu und verschied.

Der Junge ging jeden Tag hinaus zu dem Grab der Mutter und weinte. Als der Winter kam, deckte der Schnee ein weißes Tüchlein auf das Grab und als die Sonne im Frühjahr es wieder herabgezogen hatte, nahm sich der reiche Mann eine andere Frau.

Die Frau hatte zwei Söhne mit ins Haus gebracht, die schön von Angesicht waren, aber boshaft und hart von Herzen. Da fing eine schlimme Zeit für den armen Stiefsohn an.

»Soll der dumme Kerl bei uns in der Stube sitzen?«, sprachen sie. »Wer Brot essen will, muss es verdienen. Hinaus mit dir, Schäferjunge!«

Sie nahmen ihm seine schönen Gewänder weg, zogen ihm einen grauen alten Kittel an und gaben ihm hölzerne Schuhe. »Seht einmal, der stolze Prinz, wie geputzt er ist«, riefen sie, lachten und führten ihn erst einmal in die Küche. Da hießen sie ihn früh am Tag aufstehen, Wasser tragen und Feuer anmachen, dann jagten sie ihn aus dem Haus hinaus auf die Weide und er musste dem Schäfer bei der Arbeit helfen. Obendrein verspotteten die Stiefbrüder ihn und taten ihm alles Herzeleid an. Abends, wenn er müde nach Hause kam, befahlen ihm seine Brüder, die Erbsen und Linsen aus der Asche zu lesen, die sie ihm dort hineingeschüttet hatten. Erst dann konnte er sich neben dem Herd in der Asche schlafen legen. Und weil er darum immer staubig und schmutzig aussah, nannten sie ihn Aschenpedro.

Es trug sich zu, dass der Vater einmal in eine Stadt zur Messe ziehen wollte. Da fragte er die beiden Stiefsöhne, was er ihnen mitbringen sollte. »Gold«, sagte der eine, »Ein edles Pferd«, antwortete der andere. »Aber du, Aschenpedro«, sprach der Vater, »was willst du haben?« - »Vater, das erste Reis, das Euch auf eurem Heimweg an den Hut stößt, das brecht für mich ab.« Der reiche Mann kaufte nun für die Stiefsöhne Gold und ein edles Pferd. Auf dem Rückweg, als er durch einen grünen Busch ritt, streifte ihn ein Haselreis und stieß ihm den Hut vom Kopf. Da brach er den Zweig ab und nahm ihn mit.

Als er nach Hause kam, gab er den Stiefsöhnen, was sie sich gewünscht hatten, und dem Aschenpedro gab er den Zweig von dem Haselbusch. Sein Sohn dankte ihm, ging zu dem Grab der Mutter und pflanzte das Reis darauf und begoss es mit seinen Tränen. Es gedieh, wuchs heran und ward ein schöner Baum. Aschenpedro ging alle Tag zum Grab, weinte und betete, und allemal kam ein weißes Vöglein auf den Baum und wenn er einen Wunsch aussprach, so warf ihm das Vöglein herab, was er sich gewünscht hatte.

Es begab sich aber, dass der König ein Fest anstellte, das drei Tage dauern sollte. Dazu waren alle schönen Jungfrauen und alle starken Jungmänner im Lande eingeladen, damit sich sein Sohn Roland eine Braut aussuchen möchte. Die zwei Stiefbrüder waren guter Dinge, als sie hörten, dass auch sie mit den Prinzessinnen tanzen sollten. Sie riefen Aschenpedro und sprachen: »Bring uns die Schuhe und putze sie, mach uns die Schnallen fest, wir gehen zum Ball auf des Königs Schloss.«

Aschenpedro gehorchte, brach aber in Tränen aus, weil er auch gerne zum Tanz mitgegangen wäre, und bat die Stiefmutter, sie möchte es ihm erlauben.

»Du, Aschenpedro«, sprach sie, »bist voll Staub und Schmutz und willst zum Ball? Du hast keine schönen Kleider und keine Schuhe und willst tanzen?« Als er aber mit Bitten nicht aufhören wollte, sprach sie endlich: »Da habe ich dir eine Schüssel Linsen in die Asche geschüttet. Wenn du die Linsen in zwei Stunden wieder ausgelesen hast, so sollst du mitgehen.«

Der junge Mann bedankte sich, ging durch die Hintertüre nach dem Garten und rief:

>»Ihr zahmen Täubchen, ihr Turteltäubchen, all ihr Vöglein unter dem Himmel, kommt und helft mir lesen. Die Guten ins Töpfchen, die Schlechten ins Kröpfchen.«

Da kamen zum Küchenfenster zwei weiße Täubchen herein und danach die Turteltäubchen und endlich schwirrten und schwärmten alle Vögel unter dem Himmel herein und ließen sich um die Asche nieder. Die Täubchen nickten mit den Köpfen und fingen an pick, pick, pick, pick, und da fingen die übrigen auch an pick, pick, pick, pick, und lasen alle guten Linsen in die Schüssel. Kaum war eine Stunde herum, so waren sie schon fertig und sie flogen alle wieder hinaus. Da brachte der Junge die Schüssel der Stiefmutter, freute sich und glaubte, er dürfe nun mit auf das Fest gehen. Aber sie sprach: »Nein, Aschenpedro, du hast keine schönen Kleider und kannst so nicht tanzen. Du wirst nur ausgelacht.« Als er sie nun unter Tränen anflehte, sprach sie: »Wenn du mir zwei Schüsseln voll Linsen in einer Stunde aus der Asche lesen kannst, so sollst du mitgehen. Sie dachte aber: ›Das kann er ja nimmermehr.‹

Als sie zwei Schüsseln Linsen in die Asche geschüttet hatte, ging der Junge durch die Hintertüre nach dem Garten und rief:

> »Ihr zahmen Täubchen, ihr Turteltäubchen, all ihr Vöglein unter dem Himmel, kommt und helft mir lesen. Die Guten ins Töpfchen, die Schlechten ins Kröpfchen.«

Da kamen zum Küchenfenster zwei weiße Täubchen herein und danach die Turteltäubchen und endlich schwirrten und schwärmten alle Vöglein unter dem Himmel herein und ließen sich um die Asche nieder. Und die Täubchen nickten mit ihren Köpfchen und fingen an pick, pick, pick, pick, und da fingen die übrigen auch an pick, pick, pick, pick, und lasen alle guten Linsen in die Schüsseln. Und ehe eine halbe Stunde herum war, waren sie schon fertig und flogen alle wieder hinaus.

Da trug der Junge die Schüsseln zu der Stiefmutter, freute sich und glaubte, nun dürfe er mit auf das Fest gehen. Aber sie sprach: »Es hilft ja alles nichts, du kommst nicht mit, denn du hast keine schönen Kleider und kannst so nicht tanzen. Wir müssen uns deiner schämen.« Darauf kehrte sie ihm den Rücken zu und fuhr mit ihrem Ehemann und ihren zwei Söhnen fort zum Fest.

Als nun niemand mehr im Haus war, ging Aschenpedro zum Grab seiner Mutter unter dem Haselbaum und rief:

> »Bäumchen, rüttel dich und schüttel dich,
> wirf Gold und Silber über mich.«

Da warf ihm die Taube von ihrem Aste aus einen goldenen und silbernen Anzug herunter und mit Seide und Silber bestickte Stiefel. Er bedankte sich überschwänglich, zog in aller Eile den Anzug und die Schuhe an und ging ins Schloss zum Ball. Seine Brüder und die Stiefmutter aber erkannten ihn nicht und meinten, er müsse ein fremder Königssohn sein, so schön sah er in dem prächtigen Anzug aus. An Aschenpedro dachten sie gar nicht, er saß ja daheim im Schmutz und suchte die Linsen aus der Asche.

Der Schlosssaal war festlich beleuchtet und die Hofkapelle spielte mitreißend zum Tanz auf. Prinz Roland blickte sich forschend im Tanzsaal um und erspähte den schönen jungen Mann.

Dann schritt er erhobenen Hauptes auf Aschenpedro zu und blieb vor ihm stehen. Der König und die Königin und mit ihnen alle Gäste des Abends hielten den Atem an vor Erstaunen. Roland sah Aschenpedro bewundernd an, verneigte sich vor ihm, und nahm ihn bei der Hand

und sie tanzten mit solcher Anmut und im Einklang mit der Musik, dass es nicht zu sagen war. Alle Gäste und die königlichen Eltern folgten ihnen mit erstaunten und bewundernden Blicken. Der Prinz wich nicht von Aschenpedros Seite und sie tanzten zusammen bis in die Nacht hinein. Da sprach Aschenpedro den Wunsch aus, nach Hause zu gehen. Der Königssohn erwiderte: »Es fällt mir schwer, mich von dir zu trennen. Ich bestelle eine Kutsche und lasse dich nach Hause fahren.« Er wollte sich vom Kutscher berichten lassen, wohin der schöne junge Mann gehörte. Dieser entwischte ihm aber und sprang ins Taubenhaus, das in einem Winkel des Schlosshofes stand. Nun wartete Prinz Roland, bis der Verwalter des Schlosses kam, und sagte ihm, der fremde junge Mann wäre in das Taubenhaus gesprungen. Der Königssohn und sein Vater vermuteten, dass der Flüchtende sich darin versteckt hielt. Der Verwalter ließ sich Axt und Hacken bringen, um das Taubenhaus entzweizuschlagen. Aber es war niemand darin.

Als der reiche Mann mit seiner Familie nach Hause kam und seine Frau in die Küche ging, saß Aschenpedro in seinen schmutzigen Kleidern in der Asche. Er war geschwind von dem Taubenhaus hinten herabgesprungen und zu dem Haselbäumchen gelaufen. Da hatte er die prächtigen Kleider und die Stiefel ausgezogen und aufs Grab gelegt. Die Taube nahm alles wieder weg. In seinem grauen Kittel hatte er sich wieder zur Asche gesetzt, als seine Stiefmutter kam.

Am andern Tag, als das Fest von Neuem anhub, und der reiche Mann mit seiner Familie wieder fort war, ging Aschenpedro zu dem Haselbaum und sprach:

>»Bäumchen, rüttel dich und schüttel dich,
wirf Gold und Silber über mich.«

Da warf die Taube einen noch glanzvolleren Anzug und noch reicher geschmückte Stiefel herab als am vorigen Tag. Und als er mit diesem Anzug auf dem Ball erschien, da staunte jede Frau und jeder Mann über seine Schönheit. Der Königssohn aber hatte gewartet, bis Aschenpedro kam. Als der junge Mann den Ballsaal betrat, schritt der Prinz abermals auf Aschenpedro zu, verbeugte sich vor ihm, nahm seine Hand und sie tanzten und vergaßen die Welt um sich herum.

Als es Nacht war, wollte der schöne Tänzer fort und Prinz Roland ging ihm nach und wollte sehen, wohin er ging. Aber er sprang ihm fort in den Garten hinter dem Schloss. Darin stand ein großer Baum, an dem die herrlichsten Birnen hingen. Aschenpedro kletterte so behände wie ein Eichhörnchen zwischen die Äste und der Königssohn wusste nicht, wo er hingekommen war. Er wartete aber, bis sein Vater kam und sprach zu ihm: »Der fremde junge Mann ist mir entwischt. Ich glaube, er ist auf den Birnbaum gesprungen.« Der König ließ den Baum fällen, aber es war niemand darauf.

Nach dem Ball fuhren Aschenpedros Vater, die Stiefmutter und die Stiefbrüder nach Hause und als die Stiefmutter in die Küche kam, saß Aschenpedro in der Asche an dem Herd wie sonst auch, denn er war auf der andern Seite vom Birnbaum herabgesprungen, hatte der Taube auf dem Haselbäumchen den glanzvollen Anzug wiedergebracht und seinen grauen Kittel angezogen.

Am dritten Tag, als der reiche Mann und seine Familie fort waren, ging Aschenpedro wieder zu dem Grab seiner Mutter und sprach zu dem Bäumchen:

>»Bäumchen, rüttel dich und schüttel dich,
wirf Gold und Silber über mich.«

Nun warf ihm der Vogel einen Anzug herab, der war prächtiger als alles, was er jemals gesehen hatte, und die Stiefel waren ganz golden. Als er mit diesem Anzug zum Fest kam, wussten die Gäste alle nicht, was sie vor Verwunderung sagen sollten und der Königssohn tanzte nur mit ihm bis in die Nacht hinein. Die Schlossuhr schlug zwölf Mal und da wollte Aschenpedro fort. Der Königssohn versuchte, an seiner Seite zu bleiben, aber er entsprang ihm so geschwind, dass er ihm nicht folgen konnte. Der Prinz hatte aber eine List gebraucht und die Treppe mit Pech bestreichen lassen. Da war, als Aschenpedro von Stufe zu Stufe hinabsprang, sein linker Stiefel hängen geblieben. Der Königssohn hob ihn auf. Der Schuh war nicht groß, doch edel geformt und ganz golden. Am nächsten Morgen ging Prinz Roland zur Wahrsagerin seines Vaters, die eine Stube im Turm des Schlosses bewohnte. Roland nahm den Schuh, stieg die Stufen hinauf und klopfte an die Tür der Kammer. Eine alte weißhaarige Frau öffnete ihm und hieß ihn willkommen. Sie bot ihm einen Platz an ihrem Tisch an, auf dem eine große Kristallkugel stand, und setzte sich ihm gegenüber. Der Prinz zeigte ihr den Stiefel seines Tänzers und erzählte seine Geschichte. Er sah die Wahrsagerin hilfesuchend an und fragte: »Wo finde ich den jungen Mann, der ihn verloren hat? Kein anderer soll mein Gemahl werden als der, an dessen Fuß dieser goldene Schuh passt.« Die Wahrsagerin nahm den Stiefel, sah ihn prüfend an und wiegte ihn in ihren Händen. Dann blickte sie in ihre schimmernde Kristallkugel und hüllte sich lange Zeit in Schweigen. Danach tat sie einen tiefen Atemzug und verkündigte dem gespannt wartenden Königssohn: »Ich sehe die mächtige Fassade eines reichen Hauses, ich sehe eine Eichentür mit einem eisernen Türklopfer in Gestalt eines Drachenkopfes. Dein Tänzer lebt in diesem Haus, er ist klug und hat ein gutes Herz, wird jedoch von Missgunst verfolgt.« Die Wahrsagerin gab dem Königssohn den Stiefel zurück. Mit den Worten »Ich wünsche dir viel Glück bei der Suche« entließ die alte weise Frau den Prinzen. Roland bedankte und verabschiedete sich. Er eilte die Stufen der Turmtreppe hinunter in den Schlosshof und bestieg eine Kutsche.

Er befahl dem Kutscher, ihn in das Viertel mit den reichen Handelshäusern zu fahren. Langsam zogen sie durch die Straßen. Plötzlich erblickte der Prinz die Eichentür mit dem Drachentürklopfer. »Halt an!«, rief er dem Kutscher zu, sprang aus der Kutsche, lief auf die Pforte zu und betätigte den Türklopfer. Die Stiefmutter Aschenpedros öffnete ihm. Der Königssohn begrüßte sie kurz und fragte: »Habt Ihr Söhne?«

»Ja, deren zwei«, antwortete die Stiefmutter.

Prinz Roland hielt ihr den Schuh hin und sprach: »Der Sohn, dem dieser Stiefel passt, soll mein Gemahl werden.«

Sie betraten zusammen das Haus. Der älteste Sohn stand schon in der Diele und ging mit dem Schuh in die Kammer und wollte ihn anprobieren. Die Mutter stand dabei, aber er konnte mit der großen Zehe nicht hineinkommen. Der Schuh war ihm zu klein. Da reichte ihm die Mutter ein Messer und sprach: »Hau die Zehe ab! Wenn du König bist, brauchst du nicht mehr zu Fuß zu gehen.« Der Junge hieb die Zehe ab, zwängte den Fuß in den Schuh, verbiss den Schmerz und ging hinaus zum Königssohn. Da nahm er ihn mit in seine Kutsche und sie fuhren fort. Sie mussten aber an dem Grab von Aschenpedros Mutter vorbei. Da saßen zwei Täubchen auf dem Haselbäumchen und riefen:

>»Rucke di guh, rucke die guh,
>Blut ist im Schuh:
>Der Schuh ist zu klein,
>der rechte Mann ist noch daheim.«

Da blickte Roland auf den Fuß seines Begleiters und sah, wie das Blut aus dem Schuh herausquoll. Er ließ die Kutsche wenden, brachte den falschen Bräutigam wieder nach Hause und sagte zu der Stiefmutter, das wäre nicht der Rechte, der andere Bruder solle den Schuh anziehen. Da ging dieser in die Kammer und kam mit den Zehen glücklich in den Schuh, aber die Ferse war zu groß. Da reichte ihm die Mutter ein Messer und sprach: »Hau ein Stück von der Ferse ab, wenn du König bist, brauchst du nicht mehr zu Fuß zu gehen.« Der junge Mann hieb ein Stück von der Ferse ab, zwängte den Fuß in den Schuh, verbiss den Schmerz und ging hinaus zum Königssohn. Da nahm Roland ihn mit in seine Kutsche und sie fuhren fort. Sie mussten aber wieder an dem Grab vorbei, da saßen zwei Täubchen auf dem Haselbäumchen und riefen:

>»Rucke di guh, rucke die guh,
>Blut ist im Schuh:
>Der Schuh ist zu klein,
>der rechte Mann ist noch daheim.«

Da blickte Roland auf den Fuß seines Begleiters und sah, wie das Blut aus dem Schuh herausquoll. Er ließ die Kutsche wenden und brachte den falschen Bräutigam wieder nach Hause. Dort sprach er wieder zur Stiefmutter: »Das ist nicht der Rechte, habt Ihr keinen anderen Sohn?«

»Nein«, sagte die Mutter, »nur von meinem Mann ist noch ein Sohn da, der ist dumm und ungeschickt. Er versorgt den Herd und trägt die Asche heraus. Er hütet die Schafe und ist schmutzig, der darf sich nicht sehen lassen.« Roland wollte ihn aber durchaus sehen. Aschenpedro musste gerufen werden. Da wusch er sich erst Hände und Angesicht rein, ging dann hinein und verneigte sich vor dem Königssohn, der ihm den goldenen Schuh reichte. Er setzte sich auf einen Schemel, zog den Fuß aus dem schweren Holzschuh und steckte ihn in den Stiefel, der passte ihm wie angegossen. Als er sich in die Höhe richtete und der Königssohn ihm ins Gesicht sah, so erkannte er den jungen Mann als seinen Tänzer und rief: »Das ist der rechte Bräutigam!« Die Stiefmutter und die beiden Brüder erschraken und wurden blass vor Neid. Da nahm Roland Aschenpedro mit in seine Kutsche und sie fuhren fort. Als sie an dem Haselbäumchen vorbeikamen, riefen zwei weiße Täubchen:

>»Rucke di guh, rucke di guh,
> kein Blut ist im Schuh:
> Der Schuh ist nicht zu klein,
> der rechte Bräutigam ist er allein.«

Sie fuhren direkt zum Schloss und der Prinz stellte der Königin und dem König Pedro als seinen Bräutigam vor. Als die Eltern Aschenpedro in seinen schmutzigen Kleidern sahen, erschraken sie und weigerten sich, anzuerkennen, dass ihr Sohn einen Mann, noch dazu einen schmutzigen, heiraten wollte. So wünschten sich so sehr eine Schwiegertochter aber keinen Schwiegersohn. Doch weil sie ihren Sohn liebten, willigten sie endlich ein und gaben dem Paar ihren Segen. Roland erzählte seinem Vater von Pedros Brüdern und der gehässigen Stiefmutter und wie bösartig alle zu ihm waren. Der König hörte aufmerksam zu, dachte eine Weile nach und sprach dann: »Die Stiefmutter soll sofort außer Landes gebracht werden und ihre Söhne berufe ich in die Armee ein, dort sollen sie den hohen Offizieren als Stiefelknechte dienen.« Und so geschah es.

Danach wurde die Hochzeit mit großer Sorgfalt und allem, was Land und Leute hergaben, vorbereitet. Am Tag der Sommersonnenwende, als die Bäume frisches, grünes Laub trugen, die Blumen blühten und die Nächte erfüllt waren vom Klang der Nachtigallen, heiratete Prinz Roland seinen Pedro. Sie gaben sich in der Kathedrale der Hauptstadt das Jawort. Als die letzten Orgeltöne verklungen waren, schritten Prinz Roland und sein Prinzgemahl

Pedro durch das Portal auf den Vorplatz. Die Tauben flatterten vor ihnen her. Das Volk, das sich dort versammelt hatte, jubelte dem schönen und glücklichen Paar zu. Und da ihre Liebe sich bewährte, leben sie heute noch.

Die drei Spinnerinnen

Es war einmal ein Mädchen, das hieß Monika. Es wollte nicht spinnen, was es spinnen sollte. Flachs und Wolle blieben vor ihm in den Körben liegen. Monika blickte lieber aus dem Fenster, beobachtete die Menschen draußen, wie sie sich kleideten, sich bewegten und redeten. Sie sah auch gern den Tieren zu, den Vögeln, die von Ast zu Ast hüpften, den Katzen, die vor dem Haus in der Sonne lagen und sich behaglich das Fell wärmen ließen und den Hunden, die herumstreunten und schnupperten. All das beflügelte ihre Gedanken und sie spann daraus Geschichten. Ihre Mutter mochte sagen, was sie wollte, sie konnte Monika nicht dazu bringen, den Faden zu ziehen und das Rad zu treten.

Endlich überkam die Mutter Zorn und Ungeduld. Sie gab dem Mädchen Schläge, worüber es laut weinte. Nun fuhr gerade die Königin in ihrer Kutsche vorbei und als sie das Weinen hörte, ließ sie anhalten, trat in das Haus und fragte die Mutter, warum sie ihre Tochter so schlüge, dass man draußen auf der Straße das Schreien höre. Für die Mutter war Monika faul und sie schämte sich vor der Königin, diesen Mangel ihrer Tochter zuzugeben. Deshalb sprach die Mutter: »Majestät, verzeiht, ich bin außer mir, denn ich kann meine Tochter nicht vom Spinnen abbringen. Sie will immer und ewig spinnen und ich bin arm und kann den Flachs dafür nicht herbeischaffen.«

Da antwortete die Königin: »Ich höre nichts lieber als Spinnen und bin nicht vergnügter, als wenn die Räder schnurren. Gebt mir Eure Tochter mit ins Schloss. Ich habe Flachs genug. Da soll sie spinnen, so viel sie Lust hat.«

Die Mutter war von Herzen zufrieden und die Königin nahm das Mädchen mit. Als sie ins Schloss kamen, führte sie es hinauf zu drei Kammern, die lagen von oben bis unten voll vom schönsten Flachs. »Nun spinn mir diesen Flachs«, sprach die Königin zu dem Mädchen. »Wenn du es fertigbringst, so sollst du meinen ältesten Sohn zum Gemahl haben. Bist du auch arm, so achte ich nicht darauf. Dein unverdrossener Fleiß ist Ausstattung genug.« Das Mädchen erschrak zutiefst, denn es konnte den Flachs nicht spinnen und wäre es dreihundert Jahre alt geworden und hätte jeden Tag von morgens bis abends davorgesessen.

Als Monika nun allein war, fing sie an zu weinen und saß so drei Tage, ohne die Hand zu rühren. Am dritten Tag kam die Königin und als sie sah, dass noch nichts gesponnen war, wunderte sie sich. Das Mädchen entschuldigte sich damit, dass es wegen der Trennung von seiner Mutter und seiner Heimat nicht hätte anfangen können. Das ließ sich die Königin gefallen, sagte aber beim Weggehen: »Morgen musst du mir anfangen zu arbeiten.«

Als das Mädchen wieder allein war, wusste es sich nicht mehr zu raten und zu helfen. Es lehnte sich in seiner Verzweiflung aus dem Fenster und überlegte, ob es herunterspringen und fliehen könne. Da sah es drei alte Frauen daherkommen, davon hatte die Erste einen breiten Plattfuß, die Zweite hatte eine so große Unterlippe, dass sie über das Kinn herunterhing und die Dritte hatte einen breiten Daumen. Die drei blieben vor dem Fenster stehen, schauten hinauf und fragten das Mädchen, was ihm fehle. Es klagte ihnen seine Not. Da trugen sie ihm ihre Hilfe an und sprachen: »Willst du uns zu deiner Hochzeit einladen, dich unser nicht schämen, uns deine Basen nennen und uns an deinen Tisch setzen, so wollen wir dir den Flachs wegspinnen und das in kurzer Zeit.« - »Von Herzen gern«, antwortete das Mädchen, »kommt nur herein und fangt gleich mit der Arbeit an.«

Da ließ sie die drei seltsamen Frauen herein und machte in der ersten Kammer für sie Platz, wo sie sich hinsetzten und zu spinnen anhuben. Die eine zog den Faden und trat das Rad, die andere netzte den Faden, die dritte drehte ihn und schlug mit dem Finger auf den Tisch. So oft sie schlug, fiel eine Spule zur Erde und das Garn darauf war auf das Feinste gesponnen. Vor der Königin verbarg Monika die drei Spinnerinnen und zeigte ihr, so oft sie kam, die Menge des gesponnenen Garns. Die Königin fand des Lobes kein Ende.

Als die erste Kammer leer war, ging es an die zweite und endlich an die dritte und auch die war bald ausgeräumt.

Nun nahmen die drei alten Frauen Abschied und sprachen zum Mädchen: »Vergiss nicht, was du uns versprochen hast. Es wird dein Glück sein.«

Als das Mädchen der Königin die leeren Kammern und den großen Stapel Garn zeigte, richtete die Herrscherin die Hochzeit aus. Der Bräutigam war beeindruckt, dass er eine so geschickte und fleißige Frau bekommen sollte, ab das begeisterte ihn nicht. Erst als sie sich immer wieder in dem kleinen, grünen Salon zum Tee trafen und Monika ihm tausendundein Märchen erzählte und er hingerissen und mit Vergnügen ihren Geschichten lauschte, eroberte sie sein Herz.

Als der Tag der Hochzeit näher rückte, sprach das Mädchen zur Königin: »Ich habe drei Basen. Da sie mir viel Gutes getan haben, so wollte ich sie nicht in meinem Glück vergessen. Erlaubt doch, dass ich sie zur Hochzeit einlade und lasst sie an unserem Tisch sitzen.« Die Königin und der Bräutigam antworteten: »Warum sollten wir das nicht erlauben.« Als nun das Fest anhub, traten die drei Jungfern in wunderlicher Tracht in den Festsaal. Die Braut sprach sie an: »Seid Willkommen, liebe Basen.« - »Ach«, bemerkte der Bräutigam, »was hast Du für eine seltsame Verwandtschaft!«

Darauf trat er vor die alte Frau mit dem Plattfuß und fragte sie: »Wovon habt Ihr einen so breiten Fuß?« - »Vom Treten«, antwortete sie, »vom Treten.« Da wandte sich der Bräutigam an die zweite und sprach zu ihr: »Wovon habt Ihr denn nur die herunterhängende Lippe?« - »Vom Faden lecken«, antwortete sie, »vom Faden lecken.« Nun sprach er die dritte an: »Wovon habt Ihr den breiten Daumen?« - »Vom Faden drehen«, antwortete sie, »vom Faden drehen.« Da erschrak der Königsohn und rief: »So soll mir meine schöne Braut nie und nimmermehr ein Spinnrad anrühren!« Als Monika das hörte, fiel ihr ein großer Stein vom Herzen und sie schickte ein Dankesgebet zur Göttin.

Das Brautpaar und die Gäste feierten den ganzen Tag und tanzten die Nacht hindurch. Als das rauschende Fest zu Ende ging, zogen sich das frisch vermählte Paar in seine Kammer zurück. Der Königsohn dachte: ›Meine Frau ist so klug, erzählt so ergreifende Märchen und hat ein so weites Herz. Sie lädt auch die sonderbarsten Verwandten zu unserer Hochzeit ein und stört sich nicht an ihrem wunderlichen Aussehen. Sie wird auch für mein Geheimnis Verständnis haben.‹ Das waren seine letzten Gedanken, bevor er auf sein Bett sank und erschöpft in der Umarmung seiner Frau einschlief.

Mit der Zeit wuchs seine Liebe zu ihr und sein Vertrauen. Eines Nachts, als sie wieder in ihrem Schlafgemach alleine waren, legte er seine höfischen Gewänder ab, öffnete einen Schrank, entnahm ihm ein nachtblaues, perlenbesticktes Seidenkleid sowie eine in allen Blautönen schimmernde Stola, lange seidene Handschuhe, seidene Strümpfe und weiche, blaue Lederschuhe. Er kleidete sich langsam und sorgfältig an. Während er diese Kleidung überstreifte, veränderte er sich. Seine Bewegungen wurden weicher und anmutiger.

Monika sah ihm erstaunt zu. »Du siehst bezaubernd aus«, rief sie entzückt. Auch sie erfasste der Mut, in eine andere Hülle zu schlüpfen. Sie bekleidete sich mit einem schwarzen Hosenanzug, einer weißen Spitzenbluse und einem schwarzen Hut mit großer Krempe. Er bewunderte ihre herbe Schönheit und nahm sie zärtlich in die Arme.

In der folgenden Zeit brachte das Leben am Hofe für das frisch vermählte Paar viele Verpflichtungen mit sich. Strenge Etikette engte es ein. Doch hin und wieder stahlen sich die beiden nachts aus dem Palast und suchten unerkannt einschlägige Lokale in der Residenzstadt auf, in denen sie Gleichgesinnte trafen. Und wenn sie nicht gestorben sind; sind sie auch heute noch nachts unterwegs.

Von dem Fischer und seiner Frau

Es waren einmal ein Fischer und seine Frau, die wohnten zusammen in einem alten Topfe, dicht an der See, und der Fischer ging alle Tage hin und angelte; und er angelte und angelte. So saß er auch einst bei der Angel und sah immer in das klare Wasser hinein; und er saß und saß.

Da ging die Angel auf den Grund, tief hinunter, und als er sie heraufholte, zog er einen großen Butt heraus. Da sprach der Fisch zu ihm: »Hör' einmal, Fischer, ich bitte dich, lass mich leben, ich bin kein rechter Fisch, ich bin ein verwünschter Prinz. Was hilft es dir, wenn du mich totmachst? Ich würde dir doch nicht recht schmecken; setze mich wieder ins Wasser und lass mich schwimmen.« - »Nun«, sagte der Mann, »du brauchst nicht so viele Worte zu machen; einen Fisch, der sprechen kann, hätte ich so schon schwimmen lassen.« Damit setzte er ihn wieder ins klare Wasser; da ging der Fisch auf den Grund und zog einen langen Streifen Blut nach sich. Nun stand der Fischer auf und ging zu seiner Frau in den Topf. »Mann«, sagte die Frau, »hast du heute nichts gefangen?« - »Nein«, sagte der Mann, »ich fing einen Fisch, der sagte, er wäre ein verwünschter Prinz, da hab ich ihn wieder schwimmen lassen.« - »Hast du dir denn nichts gewünscht?«, fragte die Frau. »Nein«, sagte der Mann, »auf den Gedanken bin ich nicht gekommen.« - »Ach«, sagte die Frau, »das ist doch schlimm, hier immer so im Topfe zu wohnen; es ist eklig und stinkt. Du hättest uns doch eine kleine Hütte wünschen können. Geh' noch einmal hin und rufe ihn; sag' ihm, wir möchten gern eine kleine Hütte haben, er tut es gewiss.« - »Ach«, sagte der Mann, »ich mag nicht noch einmal hingehen und ich will auf keinen Fall um die Erfüllung unseres Wunsches bitten.« - »Ei«, sagte die Frau, »du hattest ihn doch gefangen und hast ihn wieder schwimmen lassen, er tut es gewiss. Geh' gleich hin.« Der Mann gab seiner Frau recht, doch ein Bittsteller vor einem Fisch zu sein, erfüllte ihn mit Widerwillen. Doch er ging hin an die See. Als er dort ankam, war die See ganz grün und gelb und gar nicht mehr so klar. So stellte er sich hin und rief:

> »Manntje, Manntje, Timpe Te,
> Buttje, Buttje in der See,
> Meine Frau, die Ilsebill,
> Will nicht so, wie ich gern will.«

Da kam der Fisch angeschwommen und fragte: »Na, was will sie denn?« - »Ach«, sagte der Mann, »ich hatte dich doch gefangen gehabt, und meine Frau sagt, ich hätte mir auch etwas wünschen sollen. Sie mag nicht mehr in einem Topfe wohnen, sie möchte gern eine Hütte haben.« - »Geh' nur hin«, sagte der Fisch, »sie hat sie schon.«

Da ging der Mann hin, und seine Frau saß nicht mehr in einem Topfe, aber eine kleine Hütte stand da, und seine Frau saß vor der Tür auf einer Bank. Da nahm ihn seine Frau bei der Hand und sagte zu ihm: »Komm nur herein, sieh, nun ist's doch viel besser.« Da gingen sie hinein, und in der Hütte war ein kleiner Vorplatz und eine herrliche Stube und Kammer, wo für jeden ein Bett stand, und Küche und Speisekammer, alles aufs Beste bestellt mit Gerätschaften und aufs Schönste aufgeputzt, Zinnzeug und Messing, was da hineingehört. Hinten war auch ein kleiner Hof mit Hühnern und Enten und ein kleiner Garten mit Gemüse und Obst. »Sieh«, sagte die Frau, »ist das nicht nett? So soll's bleiben, nun wollen wir recht vergnügt leben.« - »Das wollen wir uns bedenken«, sagte der Mann. Und dann aßen sie und gingen zu Bett.

In den nächsten Tagen kaufte sich der Fischer ein großes Boot, mit dem er weiter ins Meer hinausfahren konnte, und Netze. Die warf er aus und fing reichlich Fische. Seine Frau beschaffte ihm neue, wetterfeste Kleidung und es fehlte ihnen an nichts. Sie arbeiteten und feierten Feste. So lebten sie geraume Zeit, dann sprach der Mann: »Höre, Frau, die Hütte ist doch gar zu eng und der Hof und der Garten sind gar so klein; der Fisch hätte uns auch wohl ein größeres Haus schenken können. Ich möchte gern in einem großen steinernen Schlosse wohnen. Und ein großes, stolzes Schiff hätte ich auch gerne.« - »Ach«, sagte die Frau, »die Hütte ist ja gut genug, was wollen wir in einem Schlosse wohnen? Wenn du jetzt noch einmal ankommst und bittest, könnte dies den Fisch zu recht verdrießen.« – Der Mann sagte: »Er kann das gut und tut's auch gern.« Trotzdem ward ihm das Herz schwer, denn eigentlich wollte er wieder nicht. Er ging aber doch hin.

Als er an die See kam, war das Wasser ganz violett und dunkelblau und grau und dick, und gar nicht mehr so grün und gelb, doch war es ruhig. Da stellte er sich hin und rief:

>»Manntje, Manntje, Timpe Te,
>Buttje, Buttje in der See,
>Meine Frau, die Ilsebill,
>Will nicht so, wie ich gern will.«

»Na, was willst du denn?«, fragte der Fisch. - »Ach«, sagte der Mann, »ich will in einem großen steinernen Schlosse wohnen.« - »Geh' nur hin, es steht schon da«, sagte der Fisch.

Da ging der Mann hin und dachte, er wolle nach Hause gehen. Als er aber dort ankam, da stand dort ein großer, steinerner Palast, und seine Frau stand oben auf der Treppe und wollte hineingehen; da nahm sie ihn bei der Hand und sagte: »Komm nur herein.« Und so ging er mit ihr hinein. Und in dem Schlosse war ein großer Flur mit marmornem Estrich, und da waren so viel Bedienstete, die rissen die großen Türen auf. Und die Wände waren alle blank und mit schönen Tapeten, und in den Zimmern waren lauter goldene Stühle und Tische, und kristallene Kronleuchter hingen von der Decke herab, und in all den Stuben und Kammern lagen Teppiche auf dem Boden, und Essen und die allerbesten Weine standen auf den Tischen, als wollten sie brechen. Und hinter dem Hause war auch ein großer Hof mit Pferde- und Kuhstall und Kutschen aufs Allerbeste, auch war dort ein großer, herrlicher Garten mit den schönsten Blumen und feinen Obstbäumen, und ein Lustwald wohl eine halbe Meile lang, mit Hirschen und Rehen und Hasen darin und allem, was man sich wünschen mag. »Na«, sagte der Mann, »ist das nun nicht schön?« - »Ach ja«, sagte die Frau, »so soll es auch bleiben, nun wollen wir auch in dem schönen Schlosse wohnen und wollen zufrieden sein.« - »Das wollen wir uns bedenken«, sagte der Mann, »und wollen's beschlafen.« Damit gingen sie zu Bett.

Am anderen Morgen wachte der Mann zuerst auf, es war eben Tag geworden, und jeder sah von seinem Bett aus das herrliche Land vor sich liegen. Der Mann reckte sich noch und stand auf. Er besann sich. Aus ihm war der erfolgreichste Fischer der ganzen Gegend geworden. Einmal, als er einen großen, besonders seltenen und kostbaren Fisch gefangen hatte, wurden er und seine Frau zu einer Feier anlässlich der Helden des Landes eingeladen. Seine Frau sorgte dafür, dass sie als Ehepaar angemessen gekleidet waren.

Auf diesem Fest lernte die Frau des Fischers eine junge und schöne Witwe kennen; die führte erfolgreich den Gewürzhandel ihres verstorbenen Mannes weiter. Die beiden Frauen kamen ins Gespräch und verstanden sich sofort. Sie trafen sich nach dem Fest immer öfter. Aus der Frau des Fischers wurde eine Fischhändlerin. Sie und die Witwe taten sich zusammen und belieferten die ersten Höfe des Landes mit erlesensten Fischen und Gewürzen und ihr

Geschäft blühte. Sie verstanden sich gut, ihr Vertrauen zueinander wuchs und ihre Zuneigung wurde immer zärtlicher, sie waren verliebt wie junge Turteltauben.

Die Frau des Fischers, der jetzt Geschäftsfrau war, lebte in ihrem Palast, schaute immer wieder aus dem Fenster und sah das schöne Land vor sich liegen. Als ihr Mann einmal wieder nach Hause kam und mit ihr aus dem Fenster sah, rief er: »Können wir nicht König und Königin über dieses herrliche Gebiet werden?« - »Wozu das alles?«, fragte die Frau, »Ich mag nicht Königin werden!«- »Aber ich will König werden!«, sprach der Mann. Die Frau sagte: »Du kannst den Fisch nicht schon wieder bitten. Das ist nicht recht.« – »Warum nicht?«, entgegnete der Mann. »Ich gehe auf der Stelle hin, wenn es mir auch noch so schwerfällt. Ich muss König werden!«

Und als er an die See kam, da war die See ganz schwarzgrau und das Wasser gärte so von innen und roch ganz faul. Da stellte er sich hin und rief:

> »Manntje, Manntje, Timpe Te,
> Buttje, Buttje in der See,
> Meine Frau, die Ilsebill,
> Will nicht so, wie ich gern will.«

»Nun, was willst du denn?«, fragte der Fisch. - Der Mann antwortete: »Ich will König werden.« - »Geh' nur hin, du bist es schon«, sagte der Fisch.

Da ging der Mann hin, und als er an den Palast kam, war das Schloss viel größer geworden, mit einem großen Turm und herrlichem Zierrat daran; und die Schildwache stand vor dem Tor, und da waren so viele Soldaten mit Pauken und Trompeten. Und als er in das Schloss eintrat, war alles von purem Marmor mit Gold. Da hingen Samtdecken mit dicken, goldenen Quasten. Seine Frau trat ihm entgegen, setzte ihm eine goldene Krone auf und geleitete ihn zu seinem Thron aus Gold und Diamanten. Er setzte sich auf seinen Herrschersitz und nahm sein Zepter in die Hand. Zu beiden Seiten standen sechs Jünglinge in einer Reihe. Seine Frau blickte zu ihm auf und sagte: »Du siehst beeindruckend und glücklich aus als König. Nun wollen wir uns nichts mehr wünschen.«

Danach ließ sie ihn im Palast Herrscher sein, ging ihren Geschäften nach und zu ihrer jungen und schönen Witwe und kam immer seltener und später nach

Hause. Ihr Mann wurde immer misstrauischer. Er fragte sie: »Wo warst du die ganze Zeit? Seit Wochen habe ich dich kaum gesehen. Warst du bei einem Geliebten?« – »Nein«, entgegnete die Frau, »ich war viel auf Geschäftsreise.« Sie schmeichelte ihm: »Du siehst so wundervoll aus als König.« Das besänftigte ihn erst einmal. Dann ging sie fort und als sie wieder nach Hause kam, war ihr Mann wütend. Plötzlich verkündete er: »Ich bin König, nun muss ich auch Kaiser werden.« - »Ach, Mann«, sagte die Frau, »wozu willst du Kaiser werden? Kaiser gibt es nur einmal im Reich. Das kann ja der Fisch nicht machen, das kann und kann er nicht.« - »Ich bin König, und du bist nur meine Frau. Du hast mich zu unterstützen«, befahl er. Ihr wurde bange. ›Das geht nicht gut‹, dachte sie und sprach zu ihm: »Kaiser ist zu unverschämt. Dem Fisch wird's am Ende leid werden.« Doch Gier und Eifersucht trieben ihn vorwärts.

Damit kam er an die See; da war die See noch ganz schwarz und dick und begann so von innen herauf zu gären, dass es nur so Blasen warf, und es ging ein Windstoß drüber hin, der sie aufwühlte, und den Mann kam ein Grausen an. Da stellte er sich hin und rief:

> »Manntje, Manntje, Timpe Te,
> Buttje, Buttje in der See,
> Meine Frau, die Ilsebill,
> Will nicht so, wie ich gern will.«

»Nun, was willst du denn?«, fragte der Fisch. - »He, Fisch«, sagte er, »ich will Kaiser werden.« - »Geh' nur hin«, sagte der Fisch, »du bist es schon.«

Da ging der Mann hin, und als er dort ankam, war das ganze Schloss von poliertem Marmor mit goldenen Figuren und goldenen Zierraten. Vor dem Tor marschierten die Soldaten, und sie bliesen Trompeten und schlugen Pauken und Trommeln. Aber in dem Schlosse, da gingen die Barone und Grafen und Herzoge nur so als Bedienstete herum, da machten sie ihm die Türen auf, die von lauter Gold waren. Und als er in den Thronsaal eintrat, kam ihm seine Frau entgegen. Sie setzte ihm eine mächtige goldene Krone auf, die mit Brillanten und Edelsteinen besetzt war, und führte ihn zu einem hohen Thron, der war aus einem Stück Gold. Er setzte sich würdevoll und sie reichte ihm Zepter und Reichsapfel. Fürsten und Herzoge brachten ihm ihre Ehrerbietung dar. Da stellte sich die Frau vor ihn hin und fragte: »Mann, bist du jetzt Kaiser?« - »Ja«, antwortete er, »ich bin jetzt Kaiser.« Da ging sie näher hin und besah ihn sich so recht, und als sie ihn eine Weile so angesehen hatte, sprach sie: »Ach, Mann, was ist das schön, dass du jetzt Kaiser bist.« Dann drehte sie sich um und ging fort.

Als sie wieder nach Hause kam, schrie ihr Mann: »Wo warst du die ganze Zeit? Du warst nicht nur auf Geschäftsreise, du betrügst mich. Ich bin Kaiser. Wenn ich herausfinde, mit wem du mich hintergehst, lasse ich euch beide einen Kopf kürzer machen. Ich habe die Taschen deiner Kleider und Mäntel durchsucht und daran gerochen. Ich fand keine Beweise, trotzdem bin ich sicher: Du belügst mich!«

Sie stand wie versteinert und sprachlos vor ihm.

»Frau«, sagte er, »was soll das, dass du so dastehst? Ich bin jetzt Kaiser, nun will ich auch Papst werden.« - »Mann«, sagte die Frau, »was gibt es denn, das du nicht werden willst? Papst kannst du nicht werden, einen Papst gibt es nur einmal in der Christenheit, das kann der Butt doch nicht machen.« - »Frau, widersprich mir nicht«, befahl er, »Ich will Papst werden, und zwar heute noch!« - »Ach, Mann«, sagte die Frau, »das ist zu grob, das geht nicht gut, zum Papst kann dich der Fisch nicht machen.« - »Frau, was für ein Geschwätz«, rief der Mann, »kann er einen Kaiser machen, kann er auch einen Papst machen. Ich bin Kaiser und du bist nur meine Frau und du hast mir beizusteh'n. Ich gehe auf der Stelle los.« Als er unterwegs war, strich ein Wind übers Land und die Wolken flogen. Es wurde düster gegen Abend, die Blätter wehten von den Bäumen, das Wasser rauschte und brauste als ob es kochte und platschte an das Ufer. Da wurde ihm aber doch bange und es war ihm ganz elend zumute, er zitterte und bebte, und Knie und Waden schlotterten ihm. In der Ferne sah er die Schiffe, die in der Not nur so dahinschossen und tanzten und sprangen auf den Wellen. Doch war der Himmel noch so ein bisschen blau in der Mitte, aber an den Seiten zog es herauf wie ein schweres Gewitter. Da stellte er sich in der Angst hin und rief:

> »Manntje, Manntje, Timpe Te,
> Buttje, Buttje in der See,
> Meine Frau, die Ilsebill,
> Will nicht so, wie ich gern will.«

»Nun, was willst du denn?« fragte der Fisch. »He«, sagte der Mann, »ich will Papst werden.« - »Geh' nur hin, du bist es schon.«

Da ging er hin, und als er dort ankam, war dort eine große Kathedrale, von lauter Palästen umgeben. Dort drängte er sich durch das Volk. Inwendig war aber alles mit tausend und tausend Lichtern erleuchtet, und seine Frau trat ihm entgegen, warf ihm einen silbernen bestickten Talar über, setzte ihm drei goldene Kronen auf und führte ihn zu einem noch viel höheren Thron. Er stieg hinauf und setzte sich würdevoll. Alle Kaiser und die Könige umringten ihn und lagen vor ihm auf den Knien und küssten seinen Pantoffel. »Mann«, fragte die Frau und sah ihn so recht an, »bist du nun Papst?« - »Ja«, sagte er, »ich bin nun Papst.« Sie stand da und sah ihn genau an, und es war, als wenn sie in die helle Sonne sähe. Als sie ihn eine Weile so angesehen hatte, sagte sie: »Ach, Mann, was ist das schön, dass du jetzt Papst bist!« Er saß aber ganz steif wie ein Klotz und rührte und regte sich nicht. Da sagte sie: »Mann, nun sei zufrieden, jetzt bist du Papst, nun kannst du nichts mehr werden.« - »Das will ich mir bedenken«, sagte der Mann.

Die Frau wollte wieder fortgehen, doch vor Erschöpfung konnte sie keinen Fuß mehr vor den andern setzen, sie wäre über ihre eigenen Beine gefallen. Also blieb sie bei ihrem Mann. Sie gingen zusammen zu Bett. Die Frau schlief sofort ein und schlief fest und tief. Aber ihr Mann war nicht zufrieden, und die Gier ließ ihn nicht schlafen, er dachte immer, was er noch werden wollte. Er warf sich die ganze Nacht von einer Seite auf die andere und dachte nur daran, was er wohl noch werden könnte, doch nichts noch Größeres fiel ihm ein. Mittlerweile wollte die Sonne aufgehen und als er das Morgenrot sah, richtete er sich auf und starrte hinein. Und als er aus dem Fenster die Sonne so heraufkommen sah, dachte er: ›Ha, kann ich nicht die Sonne und den Mond aufgehen lassen?‹ - »Frau«, sagte er und stieß sie mit dem Ellbogen in die Rippen, »wach' auf, ich geh' hin zum Fisch, ich will unsterblicher, allmächtiger Gott werden.« Die Frau war noch halb im Schlaf, aber sie erschrak so sehr, dass sie aus dem Bett fiel. Sie meinte, sie hätte sich verhört und rieb sich die Augen aus und fragte: »Ach, Mann, was sagtest du?« - »Frau«, sagte er, »wenn ich nicht die Sonne und den Mond kann aufgehen lassen und muss das so mit ansehen, dass die Sonne und der Mond aufgehen, ich kann das nicht aushalten und hab keine ruhige Stunde mehr, wenn ich sie nicht selbst aufgehen lassen kann.« Da sah er sie so recht groß an, dass ein Schauder sie überlief. »Ich will unsterblicher, allmächtiger Gott werden.« - »Ach, Mann«, flehte die Frau und fiel vor ihm auf die Knie, »das kann der Fisch nicht. Kaiser und Papst kann er machen; ich bitte dich, geh' in dich und bleibe Papst.« Da kam er in helle Wut, die Haare flogen ihm so wild um den Kopf, er riss sich das Nachtgewand vom Leib und gab ihr eins mit dem Fuß und schrie: »Ich halt's nicht aus, und halt's nicht länger aus. Ich geh' auf der Stelle los!« Da schlüpfte er in seine Hosen und lief weg wie von Sinnen.

Draußen aber ging der Sturm und brauste, dass er kaum auf den Füßen stehen konnte. Die Häuser und die Bäume wurden umgeweht, und die Berge bebten, und die Felsen rollten in die See, und der Himmel war ganz pechschwarz, und es donnerte und blitzte, und die See ging in so hohen schwarzen Wellen wie Kirchtürme und wie Berge und hatten oben alle eine weiße Schaumkrone auf. Da schrie er und konnte sein eigenes Wort nicht hören:

>>Manntje, Manntje, Timpe Te,
Buttje, Buttje in der See,
Meine Frau, die Ilsebill,
Will nicht so, wie ich gern will.«

»Nun, was willst du denn?«, fragte der Fisch. »He«, sagte der Mann, »ich will unsterblicher, allmächtiger Gott werden.« - »Geh' nur hin, dein alter Topf steht wieder da.«

Diesmal verließ die Frau ihren Mann und kümmerte sich nicht weiter um ihn. Sie rannte, so schnell sie konnte, zu ihrer jungen und schönen Witwe und lebte fortan mit ihr zusammen.

Der Mann saß wieder in seinem alten Topfe, er hetzte nicht mehr umher und hatte nun genug Zeit, über sein Leben nachzudenken.

Die weiße Schlange

In einem fernen Land lebte eine Königin, deren Weisheit weit über alle Grenzen hinaus berühmt war. Nichts blieb ihr unbekannt. Es war, als ob ihr die Nachrichten von den verborgenen Dingen durch die Luft zugetragen würden. Sie hatte aber eine seltsame Sitte. Jeden Mittag, wenn von der Tafel alles abgetragen und niemand mehr zugegen war, musste ihre vertraute Dienerin Petra ihr eine Schüssel bringen, die zugedeckt war. Die Dienerin wusste nicht, was darin lag, und es ahnte auch sonst kein Mensch, denn die Königin deckte sie erst auf und aß erst davon, wenn sie ganz alleine war. Das wiederholte sich schon ganz lange Zeit so.

Da erfasste eines Tages Petra, als sie die Schüssel wieder wegtrug, die Neugierde, so dass sie nicht widerstehen konnte und die Schüssel in ihre Kammer brachte. Als sie die Tür sorgfältig verschlossen hatte, hob sie den Deckel auf. Da sah sie, dass eine weiße Schlange darin lag. Bei ihrem Anblick konnte Petra die Lust nicht zurückhalten, davon zu kosten. Sie schnitt ein Stückchen von ihr ab und steckte es in den Mund. Kaum aber hatte es ihre Zunge berührt, so hörte sie vor ihrem Fenster ein seltsames Gewisper von feinen Stimmen. Sie sah nach und horchte, da merkte sie, dass es die Sperlinge waren, die miteinander sprachen und sich allerlei erzählten, was sie in Feld und Wald gesehen hatten. Der Genuss der Schlange hatte ihr die Fähigkeit verliehen, die Sprache der Tiere zu verstehen.

Nun trug es sich zu, dass gerade an diesem Tag der schönste und kostbarste Ring der Königin verschwunden war. Der Verlust schmerzte sie so sehr, dass sie außer sich geriet vor Zorn und ihre vertraute Dienerin Petra, die überall Zugang hatte, verdächtigte, sie habe ihn gestohlen. Die Königin ließ sie vor sich kommen und drohte ihr unter heftigen Worten, wenn sie bis morgen den Täter nicht zu nennen wüsste, so sollte sie dafür angesehen und gerichtet werden. Es half nichts, dass die Dienerin ihre Unschuld beteuerte, sie wurde mit keinem besseren Bescheid entlassen.

In ihrer Unruhe und Angst lief Paula hinab auf den Hof und bedachte, wie sie sich aus ihrer Not helfen könne. Da saßen vier Enten an einem fließenden Wasser freundlich nebeneinander, putzten sich mit ihren Schnäbeln das Gefieder glatt und hielten ein vertrauliches Gespräch. Petra blieb stehen und hörte ihnen zu. Sie erzählten sich, wo sie heute Morgen überall herumgewatschelt waren und was für gutes Futter sie gefunden hätten. Da sagte eine verdrießlich: »Mir liegt etwas schwer im Magen. Ich habe einen Ring, der unter der Königin Fenster lag, in der Hast mit hinuntergeschluckt.« Da packte Petra die Ente gleich beim Kragen, trug sie in die Küche und sprach zum Koch: »Schlachte doch diese ab, sie ist wohlgenährt.« – »Ja«, sagte der Koch, und wog sie in der Hand. »Die hat keine Mühe gescheut, sich zu mästen und schon lange darauf gewartet, gebraten zu werden.« Er schnitt ihr den Hals ab und als sie ausgenommen ward, fand sich der Ring der Königin in ihrem Magen. Die Dienerin Petra konnte nun leicht vor der Königin ihre Unschuld beweisen. Da diese ihr Unrecht wiedergutmachen wollte, erlaubte sie ihr, sich eine Gunst auszubitten. Sie versprach ihr die größte Ehrenstelle, die sie sich an ihrem Hofe wünschte.

Die Dienerin schlug alles aus und bat nur um ein Pferd und Reisegeld, denn sie hatte Lust, die Welt zu sehen und darin umherzuziehen. Als ihre Bitte erfüllt war, kaufte sie sich Männerkleider und nannte sich fortan Peter.

Unmittelbar danach machte sie sich auf den Weg und kam eines Tages an einem See vorbei, wo sie drei Fische bemerkte, die sich in einem Rohr verfangen hatten und nach Wasser schnappten. Obgleich man sagt, die Fische wären stumm, so vernahm sie doch ihre Klage, dass sie so elend umkommen müssten. Weil sie ein mitfühlendes Herz hatte, so stieg sie vom Pferd ab und setzte die drei Gefangenen wieder ins Wasser. Sie zappelten vor Freude, steckten die Köpfe heraus und riefen ihr zu: »Wir wollen's dir danken und dir's vergelten, dass du uns gerettet hast.«

Sie ritt weiter und nach einer Weile kam es ihr vor, als hörte sie zu ihren Füßen in dem Sand eine Stimme. Sie horchte und vernahm, wie eine Ameisenkönigin klagte: »Wenn uns nur die Menschen mit den ungeschickten Tieren vom Leib blieben. Da tritt mir das dumme Pferd mit seinen schweren Hufen meine Leute ohne Barmherzigkeit nieder!« Petra lenkte auf einen Seitenweg ein und achtete darauf, dass ihr Pferd kein einziges dieser winzigen Tiere zertrat. Die Ameisen riefen ihr zu: »Wir wollen's dir danken und dir vergelten!«

Der Weg führte sie durch einen Wald und da sah sie einen Rabenvater und eine Rabenmutter, die warfen ihre Jungen aus dem Nest. »Fort mit euch, ihr Teufelsbrut«, riefen sie. »Wir können euch nicht mehr satt machen. Ihr seid groß genug und könnt euch selbst ernähren.« Die armen Jungen lagen auf der Erde, flatterten, schlugen mit ihren Fittichen und schrien: »Wir hilflosen Kinder, wir sollen uns selbst ernähren und können noch nicht fliegen. Was bleibt uns übrig, als hier Hungers zu sterben?« Da stieg die gute Reiterin ab und überließ den jungen Raben ihre letzte Wegzehrung als Futter. Die kamen herbei gehüpft, sättigten sich und riefen: »Wir wollen's dir danken und dir's vergelten.«

Petra bezwang ihren Hunger und ritt weiter. Als sie lange genug geritten war, kam sie in eine Hauptstadt. Da war großer Lärm und großes Gedränge in den Straßen und ein Herold zu Pferde machte bekannt, die Königstochter suche einen Gemahl. Wer sich aber um sie bewerben wolle, der müsse eine schwere Aufgabe vollbringen, und könne er sie nicht glücklich ausführen, so habe er sein Leben verwirkt. Viele hatten es schon versucht, aber vergeblich ihr Leben darangesetzt. Petra, als sie die Königstochter sah, war von ihrer großen Schönheit so verblendet, dass sie alle Gefahr vergaß, vor den König trat und sich als Freier meldete.

Alsbald ward sie an das Ufer eines tiefen Sees geführt und vor ihren Augen wurde ein goldener Ring hineingeworfen. Dann hieß sie der König, diesen Ring aus dem schlammigen Grund wieder hervorzuholen. Er fügte hinzu: »Wenn du ohne ihn wieder in die Höhe kommst, so wirst du immer aufs Neue hinabgestürzt, dass du so viel Wasser schluckst, bis du zu Tode kommst.« Alle bedauerten den schönen Jüngling und warteten am Ufer auf die Ereignisse, die da kommen sollten. Petra zögerte keinen Augenblick, atmete tief durch, sprang kopfüber in den See und tauchte in die Fluten. Sie schwamm unter Wasser und hatte noch nicht den Grund erreicht, da wurde ihr die Luft schon knapp. Angst begann sie zu erfüllen. Da sah sie auf einmal drei Fische daher schwimmen. Es waren keine anderen als jene, welchen sie das Leben gerettet hatte. Der Mittlere hielt den Ring im Maul. Petra ergriff den Schmuck, nickte den Fischen dankend zu, schwamm nach oben und tauchte aus dem Wasser auf. Nachdem sie das Ufer erreicht hatte, übergab sie dem König voller Freude den Ring und erwartete, dass er ihr den verheißenen Lohn gewähren würde. Die stolze Königstochter aber, als sie vernahm, dass »Peter« ihr nicht ebenbürtig war, verschmähte ihn und verlangte, er solle zuvor eine zweite Aufgabe lösen.

Sie ging hinab in den Garten und streute selbst zehn Säcke voll Hirse ins Gras. »Die muss er morgen, ehe die Sonne hervorkommt, aufgelesen haben«, sprach sie, »und es darf kein Körnchen fehlen.« Petra setzte sich in den Garten und dachte nach, wie es möglich wäre, die Aufgabe zu lösen. Sie konnte nichts ersinnen, saß da ganz traurig, den Kopf in die Arme gelegt, und erwartete, bei Anbruch des Morgens zum Tode geführt zu werden. Als aber die ersten Sonnenstrahlen in den Garten fielen, so sah sie zehn Säcke, alle wohlgefüllt, nebeneinanderstehen und kein Körnchen fehlte darin. Die Ameisenkönigin war mit ihren Tausend und Abertausend Ameisen in der Nacht angekommen. Die dankbaren Tiere hatten die Hirse mit großer Emsigkeit gelesen und in die Säcke gesammelt. Die Königstochter kam selbst in den Garten herab und sah mit Verwunderung, dass der Jüngling vollbracht hatte, was ihm aufgegeben war. Aber sie konnte ihr stolzes Herz noch nicht bezwingen und sprach: »Hat er auch die beiden Aufgaben gelöst, so soll er doch nicht eher mein Gemahl werden, bis er mir einen Apfel vom Baum des Lebens gebracht hat.«

Petra wusste nicht, wo der Baum des Lebens stand. Sie machte sich auf und wollte immerzu gehen, solange sie ihre Beine trügen, aber sie hatte keine Hoffnung, ihn zu finden. Als sie schon durch drei Königreiche gewandert war und abends in einen Wald kam, setzte sie sich unter einen Baum und wollte schlafen. Da hörte sie in den Ästen ein Geräusch und der goldene Apfel fiel in ihre Hand. Zugleich flogen drei Raben zu ihr herab, setzten sich auf ihre Knie und krächzten: »Wir sind die drei jungen Raben, die du vom Hungertod gerettet hast. Als wir groß geworden waren und hörten, dass du den goldenen Apfel suchst, so sind wir über das Meer geflogen bis an das Ende der Welt, wo der Baum des Lebens steht, und haben dir den Apfel geholt.« Petra bedankte sich überschwänglich bei den drei Raben und winkte ihnen nach, als sie davonflogen.

Am nächsten Morgen machte sie sich voller Freuden auf den Heimweg. So kam sie vor die Tore des Palastes. Stolz erhobenen Hauptes zog sie an den Wachen vorbei und gelangte vor das Zimmer der Prinzessin. Die Königstochter öffnete nichtsahnend die Tür und blieb wie angewurzelt stehen, als sie den goldenen Apfel in der Hand ihres Verehrers erblickte. Verwirrt ließ sie ihn eintreten. Petra überreichte ihr die kostbare Frucht, danach warf sie ihre staubigen Kleider ab und vor der Prinzessin stand eine junge Frau, die sie mit großen braunen Augen durch lange seidige Wimpern voller Bewunderung ansah. Ihr schmales Gesicht wurde von kastanienbraunen Locken umrahmt. Ihre feingliedrige, doch kräftige Gestalt mit den kleinen festen Brüsten zog die Prinzessin magisch an. Ihre Überraschung, plötzlich einer Frau gegenüberzustehen, war grenzenlos. Petra nahm die Hand der Königstochter und fuhr zärtlich mit den Fingerspitzen über den Handrücken, dann führte sie die Hand an ihre Lippen und küsste sie. Danach teilte sich das Paar den Apfel des Lebens und immerwährende Liebe erfüllte sie. Als die Königstochter in den Apfel biss, wurde ihr klar, warum die vielen Freier sie so kalt gelassen hatten.

Der goldene Apfel schenkte ihnen Glück, solange sie lebten.

Hans im Glück

Hans hatte sieben Jahre bei seinem Meister redlich gearbeitet und gedient. Er bewunderte diesen Mann, seine kräftige, rüstige Gestalt, seine grauen Locken und seinen kurzen, aber dichten Bart, genauso wie seine Weisheit und das Können, mit dem er jeden Auftrag bewältigte und alle Hindernisse aus dem Weg räumte. Doch im letzten Gesellenjahr hatte sich Heimweh bei Hans eingeschlichen und war in ihm gewachsen und wurde immer größer und unerträglicher.

Eines Morgens sprach er zu seinem Meister: »Meine Zeit bei Euch ist um, ich will heim zu meiner Mutter gehen. Gebt mir meinen Lohn.« Der Herr antwortete: »Du hast bei mir fleißig gearbeitet und mir ehrlich und treu gedient; wie der Dienst war, so soll auch der Lohn sein.« Er gab ihm ein Stück Gold, das so groß wie sein Kopf war. Hans zog ein Tuch aus der Tasche, wickelte den Klumpen hinein, setzte ihn auf die Schulter und machte sich auf den Weg nach Haus zu seiner Mutter.

Wie er so dahin ging, begegnete ihm ein Reiter, der frisch und fröhlich auf einem munteren Pferd auf ihn zutrabte. »Ach«, sprach Hans ganz laut, »was ist das Reiten für ein Vergnügen. Da sitzt einer wie auf einem Stuhl, stößt sich an keinen Stein, spart die Schuhe und kommt fort, er weiß nicht wie.« Der Reiter, der das gehört hatte, hielt an und rief: »Ei, Wanderer, warum läufst du zu Fuß und schleppst so schwer?« – »Ich muss ja wohl«, antwortete Hans, »ich habe einen Klumpen heim zu tragen. Er ist zwar aus purem Gold, aber ich kann den Kopf dabei nicht gerade halten, auch lastet er schwer auf meiner Schulter.« – »Weißt du was«, sagte der Reiter, »wir wollen tauschen. Ich gebe dir mein Pferd und du gibst mir deinen Klumpen.« – »Von Herzen gern«, sprach Hans, »aber ich sage Euch, Ihr müsst Euch damit abschleppen.« Der Reiter stieg ab, nahm das Gold und half Hans hinauf auf das Pferd, gab ihm die Zügel fest in die Hände und sprach: »Wenn's nun recht geschwind gehen soll, so musst du mit der Zunge schnalzen und ›Hopp, hopp‹ rufen.« Hans war seelenfroh, als er auf dem Pferd saß und so frank und frei dahinritt. Nach einer Weile fiel ihm ein, es könnte noch schneller gehen, fing an mit der Zunge zu schnalzen und »Hopp, hopp« zu rufen. Das Pferd setzte sich in starken Trab und ehe sich Hans versah, war er abgeworfen und lag in einem Graben, der die Äcker von der Straße trennte.

Das Pferd wäre auch durchgegangen, wenn es nicht ein Bauer aufgehalten hätte, der des Weges kam und eine Kuh vor sich her trieb. Hans suchte seine

Glieder zusammen und stellte sich wieder auf die Beine. Er war aber verdrießlich und sprach zu dem Bauern: »Es ist ein schlechter Spaß, das Reiten, zumal, wenn man auf so eine Mähre gerät wie diese, die stößt und einen herabwirft, dass man den Hals brechen kann. Ich setze mich nie und nimmer wieder auf. Da lob ich mir Eure Kuh, da kann man gemächlich hinterhergehen und hat obendrein gewiss jeden Tag seine Milch, seine Butter und dazu noch Käse. Was gäbe ich darum, wenn ich so eine Kuh hätte.« - »Nun«, sprach der Bauer, »tue ich Euch so einen großen Gefallen, so will ich wohl die Kuh gegen das Pferd eintauschen.« Hans willigte mit tausend Freuden ein. Der Bauer schwang sich aufs Pferd und ritt eilig davon.

Hans trieb seine Kuh ruhig vor sich her und bedachte den glücklichen Handel. »Hab ich nur ein Stück Brot, und daran wird mir's doch nicht fehlen, so kann ich, so oft es mir beliebt, Butter und Käse dazu essen. Hab ich Durst, so melk' ich meine Kuh und trinke Milch. Herz, was verlangst du mehr?« Als er zu einem Wirtshaus kam, machte er halt, aß in der großen Freude alles, was er bei sich hatte, und ließ sich für seine letzten paar Heller ein halbes Glas Bier einschenken. Dann trieb er seine Kuh weiter, immer seinem Heimatdorfe zu. Die Hitze wurde drückender, je näher der Mittag kam. Hans befand sich in einer Heide, die er wohl noch eine Stunde durchwandern musste. Da fing er an zu schwitzen und die Zunge klebte ihm vor Durst am Gaumen. ›Dem ist Abhilfe zu schaffen‹, dachte Hans. ›Jetzt will ich meine Kuh melken und mich an der Milch laben.‹ Er band sie an einen dünnen Baum. Da er keinen Eimer hatte, so stellte er seine Ledermütze unter. Wie er sich auch bemühte, es kam kein Tropfen Milch zum Vorschein. Weil er sich so ungeschickt dabei anstellte, gab ihm das ungeduldige Tier mit einem der Hinterfüße einen solchen Schlag vor den Kopf, dass er zu Boden taumelte und eine Zeit lang sich gar nicht besinnen konnte, wo er war.

Glücklicherweise kam gerade ein Metzger des Weges, der auf einem Schubkarren ein junges Schwein liegen hatte. »Was sind das für Streiche?«, rief er und half dem jungen Mann auf die Beine. Hans erzählte, was vorgefallen war. Der Metzger reichte ihm seine Flasche und sprach: »Da, trinkt einmal und erholt Euch. Die Kuh will wohl keine Milch geben. Das ist ein altes Tier, das höchstens zum Ziehen taugt oder zum Schlachten.« – »Ei, ei«, sprach Hans und strich sich die Haare aus der Stirn, »wer hätte das gedacht?! Es ist freilich gut, wenn man so ein Tier im Haus abschlachten kann, das gibt eine

Menge Fleisch. Ich mache mir aus dem Kuhfleisch nicht viel, es ist mir nicht saftig genug. Ja, wenn ich so ein junges Schwein hätte, das schmeckt anders, dazu noch die Würste.« – »Hört, Hans«, sprach da der Metzger, »Euch zuliebe will ich tauschen und will Euch das Schwein für die Kuh lassen.« – »Ich danke Euch von Herzen für Eure Freundlichkeit«, sprach Hans. Er übergab dem Fleischer die Kuh, ließ sich das Schwein vom Karren binden und den Strick, woran es gebunden war, in die Hand geben. Hans zog weiter und überdachte, wie ihm doch alles nach Wunsch gelänge. Begegnete ihm je eine Verdrießlichkeit, so wurde sie gleich wieder gut gemacht.

Es gesellte sich danach ein Bursche zu ihm, der trug eine schöne, weiße Gans unter dem Arm. Sie boten einander Guten Tag und Hans fing an, von seinem Glück zu erzählen und wie er immer so vorteilhaft getauscht hatte. Der Bursche berichtete ihm, dass er die Gans zu einem Kindtaufschmaus brächte. »Heb einmal«, fuhr er fort und packte sie bei den Flügeln, »wie schwer sie ist; die ist aber auch acht Wochen lang genudelt worden. Wer in den Braten beißt, muss sich das Fett von beiden Seiten abwischen.« – »Ja«, sprach Hans und hob sie mit der einen Hand, »die hat ihr Gewicht, aber mein Schwein ist auch nicht ohne.« Unterdessen sah sich der Bursche ganz bedenklich nach allen Seiten um und schüttelte den Kopf. »Hört«, fing er an, »mit Eurem Schwein mag's nicht ganz richtig sein. In dem Dorf, durch das ich gekommen bin, ist eben dem Schulzen eins aus dem Stall gestohlen worden. Ich fürchte, ich fürchte, Ihr habt's da in der Hand. Sie haben Leute ausgeschickt. Es wäre ein schlimmer Handel, wenn sie Euch mit dem Schwein erwischten. Das Geringste ist, dass Ihr ins finstere Loch gesteckt werdet.« Dem braven Hans wurde bang. »Alle guten Geister, helft mir aus der Not«, rief er. Zum Burschen sprach er: »Ihr wisst hier herum besser Bescheid, nehmt mein Schwein und lasst mir Eure Gans.« – »Ich muss schon etwas aufs Spiel setzen«; antwortete der Bursche, »aber ich will doch nicht schuld sein, dass Ihr ins Unglück geratet.« Er nahm also das Seil in die Hand und trieb das Schwein schnell auf einen weiten Weg fort. Der brave Hans aber schritt seiner Sorgen entledigt mit der Gans unterm Arm der Heimat zu. »Wenn ich's recht überlege«, sprach er mit sich selbst, »habe ich noch einen Vorteil bei dem Tausch, zuerst den guten Braten, hernach die Menge von Fett, die herausträufeln wird, das gibt Gänseschmalzbrot für ein Vierteljahr. Endlich die schönen, weißen Federn, die lass ich mir in mein Kopfkissen stopfen. Darauf will ich wohl ungewiegt einschlafen. Und was wird meine Mutter für eine Freude haben.«

Als er durch das Dorf vor seinem Heimatort gekommen war, stand da ein Scherenschleifer mit seinem Karren, sein Rad schnurrte und er sang dazu:

>»Ich schleife die Schere und drehe geschwind
>und hänge mein Mäntelchen nach dem Wind.«

Hans blieb stehen und sah ihm zu. Endlich redete er ihn an und sprach: »Euch geht's wohl gut, weil Ihr so lustig bei Eurem Schleifen seid.«

»Ja«, antwortete der Scherenschleifer, »das Handwerk hat einen goldenen Boden. Ein rechter Schleifer ist ein Mann, der so oft er in die Tasche greift, auch Geld darin findet. Aber, wo habt Ihr die schöne Gans gekauft?«

»Die habe ich nicht gekauft, sondern für mein Schwein eingetauscht.«
»Und das Schwein?«
»Das habe ich für eine Kuh gekriegt.«
»Und die Kuh?«
»Die habe ich für ein Pferd bekommen.«
»Und das Pferd?«
»Dafür habe ich einen Klumpen Gold so groß wie meinen Kopf gegeben.«
»Und das Gold?«
»Ei, das war mein Lohn für sieben Jahre Arbeit und Dienst.«
»Ihr habt Euch jederzeit zu helfen gewusst«, sprach der Scherenschleifer, »Ihr könnt's nun dahin bringen, dass Ihr das Geld in der Tasche springen hört. Eifert mir nach und Ihr habt Euer Glück gemacht!«
»Wie soll ich das anfangen?«, erkundigte sich Hans.

»Ihr müsst ein Schleifer werden, wie ich. Dazu gehört eigentlich nichts als ein Wetzstein, das andere findet sich von selbst. Da hab ich einen, der ist zwar ein wenig schadhaft, dafür sollt Ihr mir aber auch weiter nichts als Eure Gans geben. Wollt Ihr das?«

»Wie könnt Ihr noch fragen?«, antwortete Hans. »Ich werde ja zum glücklichsten Menschen auf Erden. Habe ich Geld, so oft ich in die Tasche greife, was brauche ich da länger zu sorgen?«

Er reichte ihm die Gans hin und nahm den Wetzstein in Empfang.

»Nun«, sprach der Schleifer und hob einen gewöhnlichen schweren Feldstein, der neben ihm lag, auf. »Da habt Ihr noch einen tüchtigen Stein dazu, auf den sich's gut schlagen lässt und Ihr Eure alten Nägel gerade klopfen könnt. Nehmt ihn und hebt ihn ordentlich auf.«

Hans lud den Stein auf und ging mit vergnügtem Herzen weiter. Seine Augen leuchteten vor Freude. »Ich muss in einer Glückshaut geboren sein«, rief er aus, »alles, was ich mir wünsche, trifft ein - wie bei einem Sonntagskind.« Unterdessen war er seit Tagesanbruch auf den Beinen und begann müde zu werden. Der Hunger plagte ihn, da er in der Freude über die erhandelte Kuh alle Vorräte auf einmal aufgezehrt hatte. Er konnte endlich nur mit Mühe weitergehen und musste jeden Augenblick haltmachen; dabei drückten ihn die Steine ganz erbärmlich. Da konnte er sich des Gedankens nicht erwehren, wie gut es wäre, wenn er sie gerade nicht zu tragen brauchte. Wie eine Schnecke schlich er zu einem Feldbrunnen, wollte da ruhen und sich mit einem frischen Trunk laben. Damit er die Steine beim Niedersetzen nicht beschädigte, legte er sie bedächtig neben sich auf den Rand des Brunnens. Dann setzte er sich und wollte sich zum Trinken bücken. Aus Versehen stieß er ein klein wenig an und beide Steine plumpsten hinab. Als Hans sie in der Tiefe versinken sah, sprang er vor Freude auf, kniete danach nieder und dankte dem Himmel mit Tränen in den Augen, dass er ihm auch diese Gnade noch erwiesen und ihn auf eine so gute Art und ohne dass er sich einen Vorwurf zu machen brauchte, von den schweren Steinen befreit hatte, die ihm allein noch hinderlich waren. »So froh, wie ich bin«, rief er aus, »gibt es keinen Menschen unter der Sonne!«

Mit leichtem Herzen und frei von aller Last lief er seiner Heimat entgegen. Er erreichte den Fluss, der durch sein Dorf floss. An dessen Ufern wuchsen knorrige Trauerweiden und ihm war, als winkten sie ihm zur Begrüßung zu. Er erkannte die kleine Bucht wieder, dort hatte er als Junge gebadet und gespielt. Sein Schritt wurde zunehmend forscher. Die Kirchturmspitze seines Dorfes rückte schon in sein Blickfeld, da stiegen auf einmal Ängste, Sorgen und bange Fragen in ihm auf. Würde seine Mutter noch leben? Hatte sie den Hof alleine bewirtschaften und erhalten können? Er rannte am Rathaus und am Dorfplatz vorbei, bog in mehrere Seitenwege ein und stand plötzlich vor seinem Elternhaus.

Seine Mutter trat gerade aus der Tür. Als sie ihn sah, rief sie: »Hans, mein Sohn, da bist du ja wieder. Ich habe so lange auf dich gewartet.« Sie schloss ihn voller Freude in die Arme, dann führte sie ihn durch die Diele in die gute Stube. Da trat ihm ein Mann entgegen und sah ihn erstaunt an. Seine Mutter sprach: »Er ist mein Knecht und heißt Paul. Ich habe ihn eingestellt, während du in der Ferne warst. Ich konnte die Arbeit nicht alleine schaffen.«

Hans fühlte sich sofort zu Paul hingezogen. Er bewunderte seine starken Arme, seine breiten Schultern, seine stämmigen Beine und die straffen Schenkel. Er war von Pauls rosafarbenen abstehenden Ohren entzückt, die ihn unwiderstehlich machten.

Auch Paul betrachtete Hans mit Wohlgefallen. Er folgte mit den Augen jeder geschmeidigen Bewegung seines schlanken Körpers. Sie standen einander gegenüber und waren überwältigt von ihrer Begegnung. Die Mutter verwunderte sich und verschwand in der Küche. Paul blieb bei Hans und seiner Mutter.

Nicht nur in hellen Mondnächten schlich Paul sich in die Kammer zu Hans. Der Hof blühte und gedieh, so sagten es die Nachbarn.

Hans hatte sein Glück gefunden.

Rumpelstilzchen

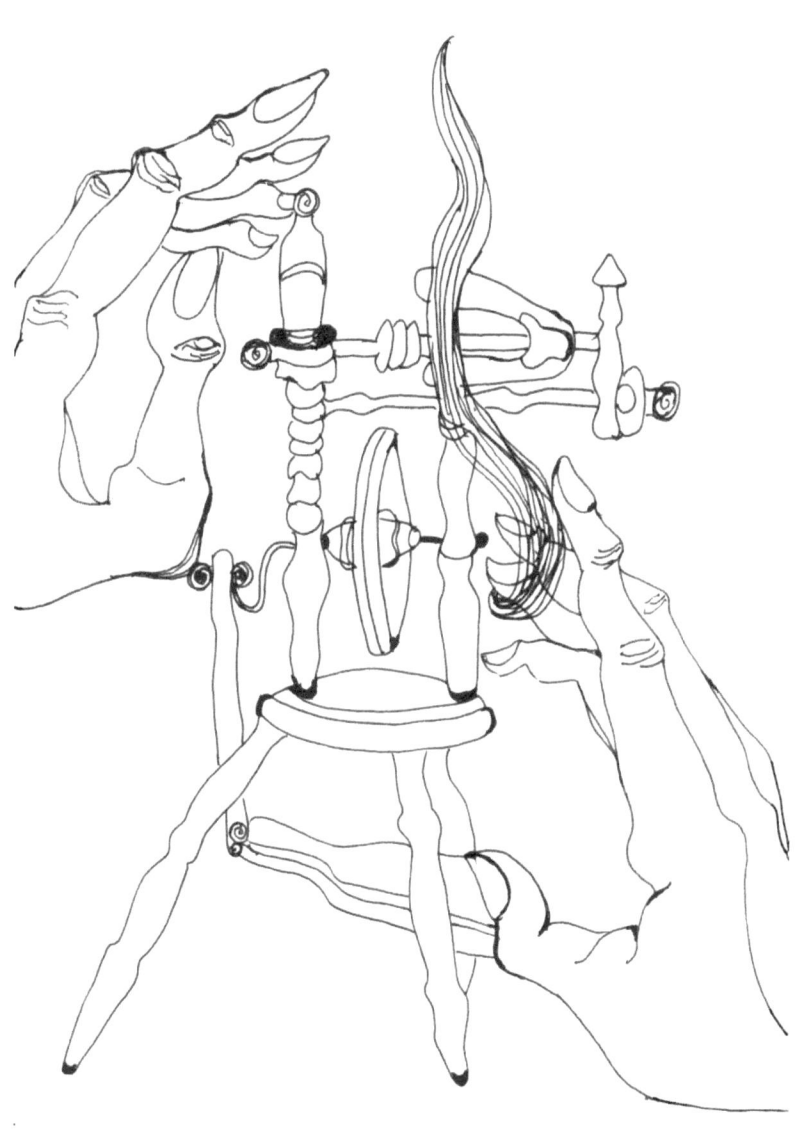

Es war einmal ein armer Müller, der trank reichlich Bier. Er hatte eine schöne Tochter, die hieß Emma. Als er wieder einmal zu tief ins Glas geschaut hatte, traf es sich, dass er mit dem König zu sprechen kam. Und um sich ein Ansehen zu geben, sagte er zu ihm: »Ich habe eine Tochter, die kann Stroh zu Gold spinnen.« Der König sprach zum Müller: »Das ist eine Kunst, die mir wohl gefällt! Wenn deine Tochter so geschickt ist, wie du sagst, so bring sie morgen in mein Schloss, da will ich sie auf die Probe stellen.« Als nun Emma zu ihm gebracht wurde, führte der König sie in eine Kammer, die ganz voll Stroh lag, gab ihr Rad und Haspel und sprach: »Jetzt mache dich an die Arbeit und wenn du in dieser Nacht bis morgen früh dieses Stroh nicht zu Gold gesponnen hast, so musst du sterben.« Darauf schloss er die Kammer selbst zu und sie blieb verlassen darin zurück.

Da saß nun die arme Müllerstochter und bangte um ihr Leben. Sie wusste nicht, wie man Stroh zu Gold spinnen konnte. Emma weinte und schluchzte und verstand nicht, wie ihr eigener Vater ihr das antun konnte. Die Angst schnürte ihr die Kehle zu.

Da ging auf einmal die Tür auf, es trat ein kleines Männlein herein und sprach: »Guten Abend, Jungfer Müllerin, warum weinst du so sehr?« – »Ach«, antwortete Emma, »ich soll Stroh zu Gold spinnen und verstehe das nicht.« – Das Männchen sprach: »Was gibst du mir, wenn ich dir's spinne?« – »Mein Halsband«, sagte Emma. Das Männchen nahm das Halsband, setzte sich vor das Rädchen und schnurr, schnurr, schnurr, drei Mal gezogen, war die Spule voll. Dann steckte es eine andere auf und schnurr, schnurr, schnurr, drei Mal gezogen, war auch die zweite voll. Und so ging es fort bis zum Morgen, da war alles Stroh versponnen und alle Spulen waren voll Gold.

Bei Sonnenaufgang kam schon der König und als er das Gold erblickte, staunte er und freute sich, aber sein Herz ward nur noch goldgieriger. Er ließ die Müllerstochter in eine andere Kammer voll Stroh bringen, die noch viel größer war, und befahl ihr, auch dieses Stroh in einer Nacht zu Gold zu spinnen, wenn ihr das Leben lieb wäre.

Emma wusste sich nicht zu helfen und flehte den Himmel um Hilfe an. Da ging wieder die Türe auf und das kleine Männchen erschien und sprach: »Was gibst du mir, wenn ich dir das Stroh zu Gold spinne?« – »Meinen Ring vom Finger«, antwortete Emma. Das Männchen nahm den Ring, fing wieder an zu schnurren mit dem Rad und hatte bis zum Morgen alles Stroh zu glänzendem Gold gesponnen.

Der König freute sich über die Maßen bei dem Anblick, war aber immer noch nicht des Goldes satt, sondern ließ die Müllerstochter in eine noch größere Kammer voll Stroh bringen und sprach: »All das musst du noch in dieser Nacht verspinnen. Gelingt dir das, so sollst du meine Gemahlin werden.« ›Wenn's auch eine Müllerstochter ist‹, dachte er, ›eine reichere Frau finde ich auf der ganzen Welt nicht.‹

Als Emma allein war, kam das Männchen zum dritten Mal wieder und sprach: »Was gibst du mir, wenn ich dir auch diesmal das Stroh zu Gold spinne?« – »Ich habe nichts mehr, das ich dir geben könnte«, antwortete sie. – »So versprich mir, wenn du Königin wirst, dein erstes Kind.« – ›Wer weiß, wie das noch geht‹, dachte die Müllerstochter, und wusste sich in der Not nicht anders zu helfen. Sie versprach also dem Männchen, was es verlangte und das Männchen spann dafür noch einmal das Stroh zu Gold.

Als am Morgen der König kam und alles fand wie er gewünscht hatte, so hielt er Hochzeit mit ihr und die Müllerstochter wurde eine Königin. Über ein Jahr brachte Emma ein schönes Kind zur Welt und dachte gar nicht mehr an das Männchen. Da trat es plötzlich in ihre Kammer und sprach: »Nun gib mir, was du versprochen hast.« Die Königin erschrak und bot dem Männchen alle Reichtümer des Königreichs an, wenn es ihr das Kind lassen wollte. Aber das Männchen sprach: »Nein! Etwas Lebendes ist mir lieber als alle Schätze der Welt.« Da flehte Emma das Männchen an, ihr das Kind zu lassen. Da sah das Männchen die Königin lange nachdenklich an und sprach: »Drei Tage will ich dir Zeit lassen, wenn du bis dahin meinen Namen weißt, so sollst du dein Kind behalten.«

Nun besann sich die Königin die ganze Nacht über auf alle Namen, die sie jemals gehört hatte und schickte einen Boten über Land, der sollte sich erkundigen weit und breit, was es sonst noch für Namen gäbe. Als am anderen Tag das Männchen kam, fing sie an mit »Kaspar, Melchior, Balzer« und sagte alle Namen, die sie wusste, nach der Reihe her. Aber bei jedem sprach das Männchen: »So heiß ich nicht!« Es blickte sie mit großen traurigen Augen an und verschwand.

Den zweiten Tag ließ sie in der Nachbarschaft herumfragen, wie die Leute so genannt würden und sagte dem Männchen die ungewöhnlichsten und seltsamsten Namen vor. »Heißt du vielleicht Rippenbiest oder Hammelswade oder Schnürbein?« – Aber es antwortete immer: »So heiß ich nicht!« – Emma sah, wie sich seine Augen mir Tränen füllten. Darauf verschwand es.

Den dritten Tag kam der Bote wieder zurück und erzählte: »Neue Namen habe ich keinen einzigen finden können, aber wie ich an einem hohen Berg um die Waldecke kam, wo Fuchs und Has' sich gute Nacht sagen, so sah ich eine kleine Hütte. Vor der Hütte brannte ein Feuer und um das Feuer sprang ein gar lächerliches kleines Männchen und rief: ›Auch die Flammen können mich nicht erlösen. Ach wie schlimm, dass niemand weiß, dass ich Rumpelstilzchen heiß‹.«

Da könnt ihr euch denken, wie sich die Königin freute, als sie den Bericht des Boten hörte und den Namen des Männchens vernahm. Sie begab sich in den Gartenpavillon des Schlosses und als bald danach das Männchen hereintrat und fragte »Nun, Frau Königin, wie heiß' ich?«, antwortete sie: »Ich kenne deinen Namen. Du heißt Rumpelstilzchen!«

Da gab es einen Knall, eine Rauchwolke stieg auf und Emma erkannte immer deutlicher eine junge, schöne Frau von zierlicher Gestalt. Emma sah in ihre großen, dunklen Augen und ein nie gekanntes Sehnen erfasste sie. Die Verwandelte erwiderte ihren Blick und erzählte ihre Geschichte.

»Ich bin die Tochter des Königs aus dem Nachbarland und ging gerne auf die Jagd. Als ich einmal mit meinem Gefolge einen prächtigen Hirsch verfolgte, geriet ich versehentlich in den Wald eines Zauberers. Der Hirsch suchte bei ihm Schutz, denn er war das Lieblingstier des Zauberers. Aus Zorn über das Eindringen in sein Reich verzauberte er mich in einen hässlichen Gnom, gab mir den Namen Rumpelstilzchen und rief: ›Das soll fortan deine Gestalt sein. Du wirst erst erlöst, wenn jemand deinen Namen errät.‹ Ich baute mir in dem Wald eine kleine Hütte und durchstreifte von dort aus das Land. Von deinem Vater hörte ich von deinem Schicksal und beschloss, dir zu helfen. Mein Wille und meine Entschlossenheit verliehen mir übernatürliche Kräfte und ich konnte die Türen des Schlosses öffnen und in deine Kammer gelangen. Ich sah deine Not und bangte um dein Leben und rief die Göttin Freya um Beistand an. Freya erkannte meine Liebe zu dir und verlieh mir die Fähigkeit, das Stroh zu Gold zu spinnen. In mir keimte die Hoffnung, dass du mich erlösen könntest. So nannte ich dir meine Bedingung und forderte von dir die Pfänder und schließlich dein Kind. Ich war sicher, dass du alles dafür tun würdest, meinen Namen herauszufinden. Das hast du erreicht und ich danke dir dafür von Herzen. Wenn du willst, können wir mit deinem Kind zu deinem Vater fahren.«

Emma stimmte zu, doch nahm sie noch einmal ihren ganzen Mut zusammen und eilte zum König. Sie wusste, um diese Zeit fand sie ihn in seiner Bibliothek. Als sie den Raum betrat, blickte er von seinen Büchern auf und wandte sich ihr zu. Emma grüßte den König und sprach: »Ich fordere die Hälfte des Goldes, das du durch mich gewonnen hast, denn ich verlasse dich jetzt und nehme mein Kind mit.« Er sah sie entsetzt an und erwiderte mit zorniger Stimme: »Du kannst gehen, wohin du willst, doch unser Kind bleibt bei mir.« Emma erschrak. Als sie sich gefasst hatte, bot sie ihm an: »Ich überlasse dir alles Gold und du gibst mir das Kind.« Ein Lächeln erhellte seine düstere Miene und er willigte ein. Emma verabschiedete sich vom König und verließ ihn.

Sie eilte in ihre Kammer, nahm ihr schlafendes Kind in die Arme und ging zurück zum Pavillon. Dort wartete ihre Prinzessin auf sie. Emma sagte ihr, dass sie jetzt zusammen fortgehen könnten. Sie verließen den Pavillon und betraten den Schlosshof. Emma bestellte eine Kutsche, glücklich stiegen sie ein und fuhren in ein gemeinsames neues Leben. Und wenn sie nicht gestorben sind, so leben sie heute noch.

Die zertanzten Schuhe

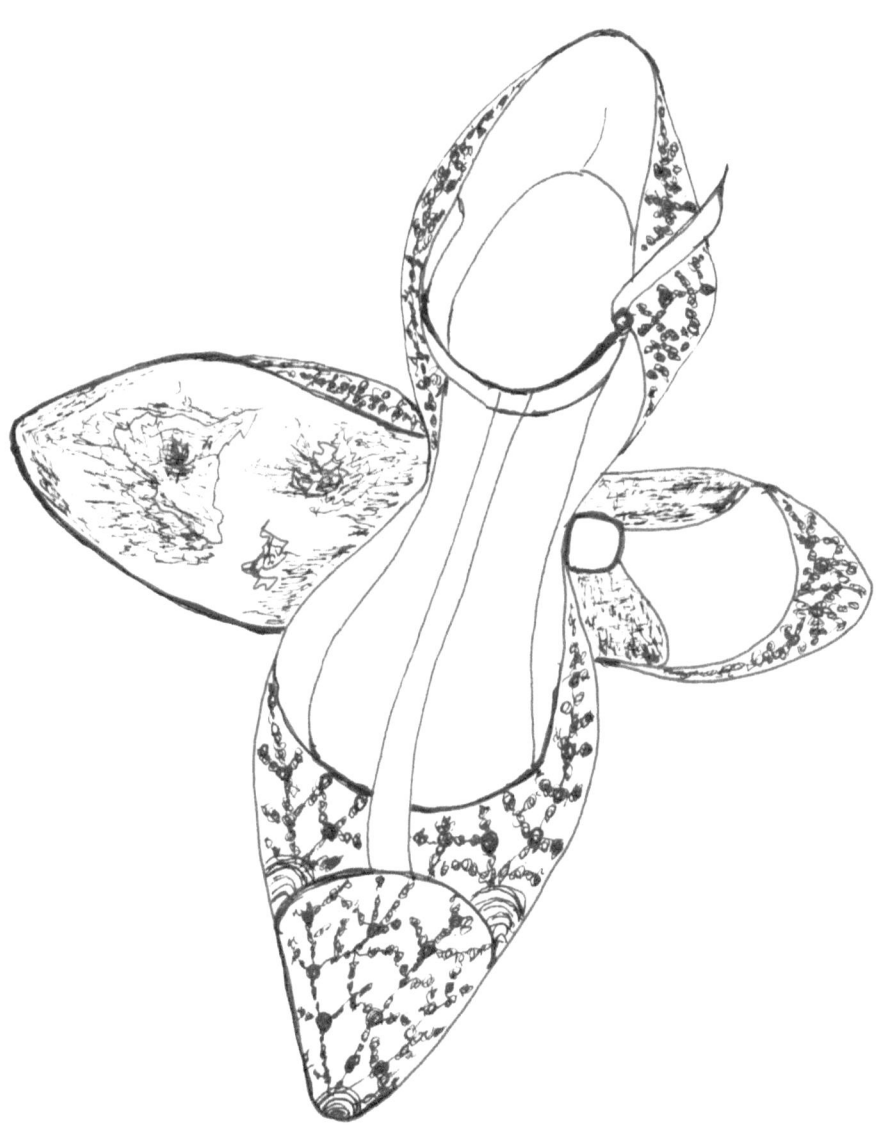

Es war einmal ein König, der hatte zwölf Töchter, eine immer schöner als die andere. Sie schliefen zusammen in einem Saal, wo ihre Betten nebeneinanderstanden. Abends, wenn sie darin lagen, verriegelte er die Tür. Wenn er aber am Morgen die Tür aufschloss, so sah er, dass ihre Schuhe zertanzt waren und niemand konnte herausbringen, was sich während der Zeit zugetragen hatte.

Da ließ der König ausrufen: Wer herausfindet, wo meine Töchter nachts tanzen, der soll sich eine von ihnen zur Frau wählen und nach meinem Tod König werden. Wer sich aber meldet und es nach drei Tagen und drei Nächten nicht herausbringt, der hat sein Leben verwirkt. Daraufhin meldete sich ein Königssohn und bot sich an, das Abenteuer zu wagen. Er wurde mit Wohlwollen aufgenommen und abends in ein Zimmer geführt, das an den Schlafsaal der Töchter grenzte. Ein Bett ward dort für ihn bereitgestellt und er sollte achtgeben, wo die Prinzessinnen hingingen und tanzten. Damit sie nichts heimlich treiben oder zu einem anderen Ort hinaus konnten, wurde die Saaltür offen gelassen. Der Königssohn legte sich auf das Bett und versuchte, auch das kleinste Geräusch zu hören. Darüber fiel es ihm wie Blei auf die Augen und er schlief ein. Als er am Morgen aufwachte, waren alle Zwölf zum Tanz gewesen, denn ihre Schuhe standen da und hatten Löcher in den Sohlen. Die zweite und die dritte Nacht verlief nicht anders. Da hatte er sein Leben verwirkt und der König kannte keine Gnade. Danach kamen noch viele, um das Wagnis zu unternehmen, doch auch sie konnten das Rätsel nicht lösen.

Nun trug es sich zu, dass ein armer Soldat, der eine Wunde hatte und nicht mehr dienen konnte, sich auf dem Weg zu der Stadt befand, in der der König residierte. Da begegnete ihm eine alte Frau, die fragte ihn, wohin der wolle. »Ich weiß es selbst nicht recht«, sprach er und setzte im Scherz hinzu: »Ich hätte wohl Lust, ausfindig zu machen, wo die Königstöchter ihre Schuhe zertanzen und danach König zu werden.« - »Das ist so schwer nicht«, sagte die Alte, »Du musst den Wein nicht trinken, der dir abends gebracht wird und musst tun, als wärest du fest eingeschlafen.« Darauf gab sie ihm einen Mantel und sprach: »Wenn du den umhängst, so bist du unsichtbar und kannst den Zwölfen nachschleichen.«

Wie der Soldat den guten Rat bekommen hatte, ward es Ernst bei ihm, so dass er ein Herz fasste, vor den König trat und sich als Freier meldete. Er ward so gut aufgenommen wie die anderen auch, und es wurden ihm königliche Kleider angetan. Abends zur Schlafenszeit ward er in das Vorzimmer geführt, und als er zu Bett gehen wollte, kam die Älteste und brachte ihm einen Becher Wein, aber er hatte sich einen Schwamm unter das Kinn gebunden, ließ den Wein hineinlaufen und trank keinen Tropfen. Dann legte er sich nieder und als er ein Weilchen gelegen hatte, fing er an zu schnarchen wie im tiefsten Schlaf. Das hörten die zwölf Königstöchter, lachten, und die älteste sprach: »Der hätte auch sein Leben sparen können.« Danach standen sie auf, öffneten Schränke, Kisten und Kasten, holten prächtige Kleider heraus und putzten sich vor dem Spiegel. Sie sprangen herum und freuten sich auf den Tanz. Nur die Jüngste sagte: »Ich weiß nicht, ihr freut euch, aber mir ist so wunderlich zumute. ich befürchte ein Unglück.« Sie wandte sich an die älteste Schwester. »Bitte schau doch noch einmal nach, ob er auch wirklich schläft.« - »Unser jüngstes Küken ist immer so ängstlich«, bemerkte die Älteste. Trotzdem ging sie in den Raum, in dem sich der Soldat zu Bett gelegt hatte, um noch einmal nachzusehen und die kleine Schwester zu beruhigen. Sie stellte sich vor das Bett und beobachtete den Soldaten genau. Da bemerkte sie den Schwamm unter seinem Kinn. Ihr wurde klar, dass der Mann den Schlaftrunk nicht getrunken hatte. Sie begab sich zurück in ihr Schlafgemach, holte aus dem Schrank ihre Fidel, eilte zurück zu dem Soldaten und spielte eine so wunderbare und betörende Weise, dass sein Atem gleichmäßig wurde und er tatsächlich einschlief. Dann eilte sie in ihren Schlafsaal und stellte die Fidel in den Schrank zurück. Danach ging sie zu ihrem Bett und klopfte daran. Alsbald sank es in die Erde und sie stiegen durch die Öffnung die Treppe hinab, eine nach der anderen, die Älteste voran. Die Jüngste blieb am Geländer hängen, raffte danach ihr Kleid zusammen und war beunruhigt. Die Älteste sprach ihr Mut zu und berichtete ihr, dass sie dem Soldaten mit der Fidel in den Schlaf versetzt hatte. Danach gingen sie vollends hinab und als sie unten waren, standen sie auf einem Weg, der von wunderbaren Bäumen umgeben war, deren Blätter aus Silber schimmerten und glänzten. Es kam ein starker Wind auf und fuhr durch das Geäst der Bäume. Ein Ast brach ab und fiel krachend zu Boden. Da erschrak die jüngste Schwester. Die älteste sprach: »Das sind Freudenknaller, weil wir unsere Gräfinnen heute Nacht erlösen werden« Danach kamen sie zu einem Weg, da trugen alle Bäume, die am Wegesrand standen, goldene Blätter. Dann näherten sie sich einem großen See, an dessen Ufer Bäume standen, deren Früchte Diamanten waren. Auf dem Wasser lagen zwölf Boote bereit und in jedem Boot saß eine schöne Frau. Alle zusammen hatten auf die Prinzessinnen gewartet. Als diese am Ufer des Sees ankamen, nahm jede der Frauen eine Prinzessin zu sich ins Boot und ruderte auf den See hinaus dem anderen Ufer entgegen. Der Wind blies immer noch heftig, die Wellen schlugen hoch und die Boote schaukelten auf dem Wasser. Die Frauen erreichten das andere Ufer.

Jenseits des Sees stand ein hell erleuchtetes Schloss. Daraus erklang lustige Musik und es erschallten Pauken und Trompeten. Die Klänge fuhren ihnen in die Glieder, sie banden die Boote am Ufer fest und eilten beschwingt dem Schloss entgegen. Sie traten ein und jede Prinzessin tanzte mit ihrer Bootsgefährtin, ihrer liebsten Gräfin. In den Pausen reichten Diener Wein und andere Erfrischungen. Als die Turmuhr des Schlosses drei Mal schlug, verhallte die Musik und sie blieben sofort stehen. Ihre Schuhsohlen waren durchgetanzt. Die Gräfinnen ruderten ihre Tänzerinnen über den See zurück. Auch auf der Rückfahrt blies der Wind heftig. Sie erreichten mit Mühe das andere Ufer, stiegen aus und gingen an Land. Es tobte ein heftiges Gewitter mit Blitz und Donner. Hagel prasselte auf sie nieder.

Als sich das Unwetter gelegt hatte, waren die Bäume, der See und das Schloss verschwunden. Die Jahre, in denen die Gräfinnen verwünscht waren, gingen in dieser Nacht zu Ende und sie waren frei. Es war den Schwestern gelungen, die Gräfinnen zu erlösen.

Als sie sich von dem Unwetter erholt hatten, das der Zauberer in seiner ohnmächtigen Wut bewirkt hatte, fielen alle sich vor Freude in die Arme, herzten und küssten sich.

Danach stiegen die Gräfinnen hinter den Prinzessinnen die Treppe empor und gelangten in deren Schlafsaal. Das Tor zur Unterwelt schloss sich hinter der letzten und verwandelte sich zurück in das Bett der ältesten Tochter.

Als der Soldat erwachte und die vielen aufgeregten Stimmen im Schlafsaal vernahm, hängte er sich den Mantel, den er von der alten Frau erhalten hatte und der ihn unsichtbar machte, um und verschwand unbemerkt aus dem Schloss. Niemand hat ihn jemals wiedergesehen.

Die Prinzessinnen nahmen ihre erlösten Tanzpartnerinnen bei der Hand, schritten mit ihnen durch die langen Flure des Schlosses zum Thronsaal des

Königs. Er war am frühen Morgen immer vor seinen Ministern im Saal anwesend und hatte auf seinem Thron Platz genommen. Als der König seinen zwölf Töchtern mit ihren zwölf Gefährtinnen ansichtig wurde, ward ihm schwarz vor Augen und er hielt sich an den Lehnen seines Thrones fest. Seine Diener brachten ihm seine Medizin, seine Tropfen, die er sofort zu sich nahm.

Nachdem er sich erholt hatte, stellte ihm die älteste Tochter die Gräfinnen vor und berichtete: »Unsere Tänzerinnen waren gelehrte Frauen, die weithin bekannt waren. Sie weigerten sich, ihre von den Eltern ausgesuchten Freier zu heiraten. Ein böser Zauberer verbannte sie deswegen in die Unterwelt und sprach die Verwünschung aus, sie müssten so lange dort verharren und würden erst erlöst, wenn zwölf menschliche Wesen, seien sie männlich oder weiblich, ein Jahr lang jede Nacht mit ihnen tanzten. Der Hilferuf der Unglücklichen erreichte mich eines Nachts im Traum. Ich erzählte alles meinen Schwestern. Sie waren sofort bereit, mir zu folgen. Wie ich es im Traum gesehen hatte, verwandelte sich mein Bett nachts durch Klopfen in das Tor zur anderen Welt. Wir stiegen eine unendlich lange Treppe hinab und tanzten Nacht für Nacht mit den verwandelten Gräfinnen. Heute Nacht war die Zeit der Verwünschung abgelaufen und sie konnten in das Leben zurückkehren. Wir alle haben im Verlauf des Jahres unsere Tänzerinnen liebgewonnen und wollen sie heiraten. Bitte gib uns deinen Segen.«

Der König war dem Bericht seiner ältesten Tochter fassungslos gefolgt. Dann besann er sich lange Zeit. Er hatte sich für seine Töchter Schwiegersöhne vorgestellt. Da aber seine Töchter die Freude seines Lebens waren und er ihnen jeden Wunsch von den Augen ablas, willigte er endlich in die zwölffache Vermählung ein. Da die Erlösung der Gräfinnen ihm gezeigt hatte, wie umsichtig und tapfer seine älteste Tochter war, bestimmte er sie zu seiner Nachfolgerin. Bald wurde die Hochzeiten mir großer Pracht gefeiert und noch heute schwärmen die Märchenfrauen davon.

Sterntaler

Es war einmal ein kleines Mädchen, dem waren Vater und Mutter gestorben und es war so arm, dass es kein Kämmerchen mehr hatte, darin zu wohnen und kein Bettchen mehr, darin zu schlafen und endlich gar nichts mehr als die Kleider am Leib.

Eine gütige Frau schenkte ihm ein Stück Brot, und so machte es sich auf, sein Glück zu suchen. Es wanderte auf einem Weg, der durch die Felder in die nächste Stadt führte. Der Winter war zu Ende, die Sonne wärmte tagsüber schon ein wenig, aber der Wind, der durch das Land wehte, war noch sehr kalt.

Es ging mit großen Schritten voran. Da begegnete ihm ein armer Mann. Er war alt und schwach und konnte sich kaum auf den Beinen halten. Er flehte: »Bitte, gib mir etwas zu essen, ich bin so hungrig.« Das Mädchen wurde von tiefem Mitgefühl ergriffen und gab ihm sein Stück Brot. Der alte Mann bedankte sich und segnete das selbstlose Mädchen.

Da ging es weiter. Einige Zeit später begegnete ihm ein Kind, das hustete und Schleim lief ihm aus der Nase. Das Kind jammerte und klagte: »Es friert mich so am Kopf. Schenk mir etwas, womit ich ihn bedecken kann.« Da zog das Mädchen seine Mütze ab und gab sie ihm.

Als es noch eine Weile gegangen war, kam wieder ein Kind und hatte kein Leibchen an und fror. Da gab es ihm seins. Und noch weiter, da bat eins um sein Röcklein. Das gab es auch noch her.

Endlich gelangte es in einen Wald. Die Sonne war inzwischen untergegangen und der kalte Wind tanzte mit den Ästen der Bäume. Plötzlich war es dunkel. Da kam noch ein Kind und bat um sein Hemd. Da spürte das Mädchen den Hunger und die Kälte. Es dachte: ›Wenn ich mein Hemd hergebe, schützt mich nichts mehr vor dem Erfrieren.‹ Es sprach zu dem Kind: »Nein, mein Hemd kann ich dir nicht geben. Das ist alles, was ich noch habe.« Das Kind zog enttäuscht weiter. Das Mädchen schlang die Arme um seinen Leib, um sich zu wärmen und zu trösten. Es hatte Mitgefühl mit sich selbst. Wie es so in einer Lichtung dastand und sich zum ersten Mal selbst liebte, fielen plötzlich die Sterne vom Himmel und waren lauter blanke Taler. Es spannte sein Hemd auf, sammelte die Taler hinein und war reich für sein Lebtag.

Die Lebenszeit

Auf einer Wiese, umsäumt von Schlüsselblumen, erhob sich ein riesiger Felsen. Auf ihm thronten die drei Nornen Wyrd, Werdandi und Skuld, die das Schicksal, die Vergangenheit, die Gegenwart und die Zukunft der einzelnen Lebewesen bestimmten. Diese riefen alle zu sich, um mit ihnen ihre Lebenszeit zu besprechen.

Zuerst erschien ein Eselpaar vor dem Felsen. »Göttinnen, wie lange sollen wir leben?«, fragte die Eselin.

Die Göttin der Zukunft, Skuld, antwortete: »Dreißig Jahre. Ist euch das recht?«

»Göttin«, erwiderte die Eselin, »das ist eine lange Zeit. Bedenke unser mühseliges Dasein. Vom Morgen bis in die Nacht schwere Lasten tragen, Kornsäcke in die Mühle schleppen, damit andere das Brot essen, und mit nichts als mit Schlägen und mit Fußtritten ermuntert und erfrischt zu werden. Erlass uns einen Teil der langen Zeit.«

Da erbarmte sich Skuld und schenkte ihnen achtzehn Jahre. Das Eselpaar ging getröstet seiner Wege und das Hundepaar erschien.

»Wie lange wollt ihr leben?«, fragte Skuld. »Dem Eselpaar waren dreißig Jahre zu viel. Ihr aber werdet damit zufrieden sein.«

»Göttin«, antwortete die Hündin, »ist das dein Wille? Bedenke, was wir laufen müssen. Das halten unsere Pfoten so lange nicht aus. Und haben wir erst unsere Stimme zum Bellen verloren und unsere Zähne zum Beißen, was bleibt uns anderes übrig, als von einer Ecke in die andere zu kriechen und zu knurren?«

Skuld sah, dass sie recht hatten und erließ ihnen zwölf Jahre.

Dann kam das Affenpaar an die Reihe.

»Ihr wollt wohl gerne dreißig Jahre leben?«, fragte Skuld sie. »Ihr braucht nicht zu arbeiten wie die Esel und die Hunde und ihr seid immer guter Dinge.«

»Ach, Göttin«, antwortete die Äffin, »das sieht so aus, ist aber anders. Hirsebrei regnet's immer da, wo wir nicht sind. Wir sollen immer lustige Streiche machen und Grimassen schneiden, damit die Leute lachen. Wenn sie uns einen Apfel reichen und wir beißen hinein, so ist er sauer. Wie oft steckt Traurigkeit hinter dem Spaß? Dreißig Jahre halten wir das nicht aus.«

Skuld war gnädig und erließ ihnen zehn Jahre.

Endlich erschien das Menschenpaar vor dem Felsen. Es war gesund, frisch und fröhlich. Die Frau bat die Göttin, ihnen ihre Zeit zu bestimmen.

»Dreißig Jahre sollt ihr leben«, sprach Skuld. »Ist euch das genug?«

»Welch eine kurze Zeit!«, rief die Frau. »Wenn mein Mann das Haus gebaut hat und ich den Haushalt eingerichtet habe und das Feuer in meinem eigenen Herd brennt, wenn mein Mann Bäume gepflanzt hat, die Früchte tragen, und ich unsere Kinder geboren habe und wir unseres Lebens froh zu werden gedenken, so sollen wir sterben? Oh Göttin, verlängere unsere Zeit!«

»Ich will euch die achtzehn Jahre der Esel zulegen«, sagte Skuld.
»Das ist nicht genug!«, erwiderte die Frau.
»Ihr sollt auch die zwölf Jahre der Hunde noch dazu haben.«
»Immer noch zu wenig!«
»Wohlan«, sprach Skuld, »ich will euch noch die zehn Jahre der Affen geben, aber mehr erhaltet ihr nicht!«
Das Menschenpaar drehte sich um, war aber nicht zufrieden.

Also leben die Menschen siebzig Jahre. Die ersten dreißig Jahre sind ihre menschlichen Jahre, die gehen schnell dahin, da sind sie gesund, heiter, arbeiten mit Lust und freuen sich ihres Daseins. Hierauf folgen die achtzehn Jahre der Esel, da wird ihnen eine Last nach der anderen auferlegt, die sie von früh morgens bis abends spät schleppen. Sie müssen das Korn tragen, das andere nährt. Und Schläge und Tritte sind der Lohn ihrer treuen Dienste. Dann kommen die zwölf Jahre der Hunde, da sitzen sie in der Ecke, jammern und haben keine Zähne mehr zum Beißen. Wenn diese Zeit vorüber ist, so machen die zehn Jahre der Affen den Abschluss. Da sind die Menschen schwachköpfig, närrisch, treiben alberne Dinge und werden von ihren Kindern nicht mehr ernst genommen.

Das zur langen Lebenszeit gehörende Schicksal tragen die Menschen heute noch.

Wir wünschen allen Leserinnen und Lesern, dass die Erzählungen in diesem Buch sie anregen, zu Heldinnen und Helden im Roman ihres Lebens zu werden.

Renate Neumann
Marie Luise Braun

Die Autorinnen

Renate Neumann wurde 1940 in Liegnitz (Schlesien, heute »Legnica«, Polen) geboren. Sie erhielt eine Kunstausbildung bei Walter Hergenhahn an der Städelabendschule in Frankfurt am Main. Sie ist Zeichnerin und Bildhauerin.
Sie lebt und arbeitet in Frankfurt am Main.

Marie Luise Braun wurde 1949 in Offenbach am Main geboren und studierte Germanistik, Anglistik und Philosophie in Frankfurt am Main. Sie unterrichtete ausländische Studenten in Deutsch als Fremdsprache und deutscher Literatur an der Johann Wolfgang Goethe-Universität.
Sie lebt und arbeitet in Frankfurt am Main.

Zusammen traten die Autorinnen als Clowninnen und Puppenspielerinnen unter dem Namen »Die Kichererbsen« auf.